DA, WO ICH NIE WAR

Die Autorin

Claudia Reinhardt wurde 1964 in Viernheim, Südhessen, geboren und wuchs dort auf. Nach dem Abitur zog sie nach Berlin. In Hamburg absolvierte sie ein Studium an der Kunsthochschule. Nach dem Studium verbrachte sie mit Hilfe eines DAAD Stipendiums ein Jahr in den USA. Von 2000 bis 2012 war sie Professorin für Fotografie an der Kunst- und Designhochschule Bergen, Norwegen. Bisher sind vier Monografien von Reinhardts Fotoarbeiten erschienen. *Killing Me Softly - Todesarten,* Aviva, Berlin, 2004, *No Place Like Home,* Verbrecher Verlag, Berlin 2005, *Tomb of Love-Grabkammer der Liebe*, Verbrecher Verlag, Berlin 2016, *Witwen/Widows,*The Green Box Verlag, Berlin 2020. Zur Zeit lebt und arbeitet sie als bildende Künstlerin, Fotografin und Autorin in Berlin. Das vorliegende Buch ist ihr Debütroman.

CLAUDIA REINHARDT

Da, wo ich nie war

Roman

"Da, wo ich nie war" ist ein autofiktiver Roman. Er stützt sich auf die Erlebnisse und Erinnerungen meiner Jugend und des Erwachsenenlebens. Manches habe ich so erlebt, anderes ist frei erfunden.

Die Deutsche Nationalbibliothek verzeichnet diese Publikation in der Deutschen Nationalbibliografie; detaillierte bibliografische Daten sind im Internet über : http://dnb.d-nb.de abrufbar.

1. Auflage
© 2023 Claudia Reinhardt
Covergestaltung und Satz: Per Teljer und Claudia Reinhardt
Lektorat: Daniela Plügge
Foto: Claudia Reinhardt
Herstellung und Verlag:
BoD – Books on Demand, Norderstedt

ISBN 978-3-7578-0463-3
www.claudia-reinhardt

Diees Buch ist auch als E-Book erhältlich

...

Just remember in the winter
Far beneath the bitter snows
Lies the seed that with the sun's love
In the spring becomes the rose.

Bette Midler „The rose"
written by Amanda McBroom

Für Peter
27.04.1962 - 25.02.2013

in Erinnerung

ALEX

01

Mir ist, als seien die heißen Sommertage nie gewesen. Schon färben sich die ersten Blätter. Das Laub strahlt gelb und rot und fällt. Bald weiß ich nicht mehr, wie der Sommer sich anfühlt.

Auf der Arbeit im Behindertenheim ist wieder jemand ausgefallen. Seit Monaten ist die Sozialstation unterbesetzt und sie finden keinen Ersatz, der länger als ein paar Wochen bleiben will.

Der Bus hält an der Endstation, die letzten Meter gehe ich zu Fuß durch den Wald. Die kranken Fichtenbäume erinnern mich an das Waldschwimmbad aus meiner Kindheit. In den langen Sommerferien waren wir jeden Tag dort, bekamen eine Dauerkarte und ein paar Brote eingepackt, die ganz weich wurden und trotzdem herrlich schmeckten nach dem Baden. Ich kann das Chlor riechen und spüre die Sonne auf meiner Haut. Dann erreiche ich das Neubaugebiet.

Die kleine Siedlung besteht aus zwanzig Häusern, in denen Behinderte wohnen. Alle Häuser sind identisch mit einem kleinen Vorgarten und nur einem Stockwerk. Schmale Wege führen von einer Wohneinheit zur anderen, alles ist rollstuhl- und behindertengerecht.

Endlich im Warmen, klopfe ich meine schweren Boots gründlich ab, bevor ich den Flur betrete.

„Guten Abend!", begrüße ich meine Kollegin, „alles gut gelaufen?"

„Keine großen Vorkommnisse", sagt sie und blickt kurz zu mir auf, während sie ihren Arbeitsbericht fertig schreibt. „Du musst Charlotte ein bisschen im Auge behalten, die hat heute viel Lärm gemacht. Du weißt ja." Sie legt den ausgefüllten Arbeitsplan in die Schublade und zieht Schuhe und Mantel an. „Und Gustav ist krank. Hat erhöhte Temperatur und wollte früh ins Bett. Morgen muss er nicht zur Arbeit, den kannst du ausschlafen lassen."

Nachdem meine Kollegin gegangen ist, mache ich mir einen Kaffee und setze mich an den gedeckten Tisch. Hier gibt es nur Filterkaffee wie früher in meinem Elternhaus. Für mich hat der Duft etwas Heimeliges, und ich könnte noch lange so sitzen und dem Blubbern in der Kaffeemaschine lauschen.

Eine Weile verharre ich und betrachte die Zeichnung von Gustav, die mit Flecken und zerknitterten

Ecken unter einem Teller liegt. Eine Sonne und bunte Blumen, die bis zum Himmel reichen, hat er mit Buntstiften über das ganze Blatt gekritzelt. Der Himmel ist mit kräftigen Strichen gemalt und die fettigen Farbpigmente lassen ihn glänzen wie einen blauen Spiegel. Ein Haus hat er neben einer grob gezeichneten Figur platziert, die weder Mann noch Frau ist. Sie hat einen gigantischen Kopf mit einem großen, roten Mund, groß wie das halbe Blatt Papier. Die dünnen Ärmchen hält die Figur weit von ihrem Körper ausgestreckt in die Höhe, als versuche sie zu fliegen. Die Lippen reichen von einem Ohr zum anderen.

Ich hefte das Blatt an die Kühlschranktür, die vollgeklebt ist mit den Werken, die tagtäglich von den Heimbewohnerinnen und -Bewohner produziert werden. Nie bringe ich es übers Herz, nur eines davon wegzuwerfen und habe zu Hause einen ganzen Stapel, den ich hüte wie einen Schatz.

Aus meiner Kindheit besitze ich kein einziges Bild von mir oder meinen Geschwistern. Es wurde alles weggeschmissen. Die vielen Kleider und Puppen, die meine Mutter für uns nähte, existieren nicht mehr. Sobald wir Kinder aus dem Haus waren, wurde alles entsorgt.

Ich räume das Geschirr in die Spülmaschine und

fege den Fußboden. Als ich lautes Wimmern aus einem der Zimmer höre, gehe ich nachsehen. An jeder Tür bleibe ich stehen und lausche. Aus Herberts Zimmer höre ich ein Brummen und öffne vorsichtig die Tür. Halbnackt und mit rotem Kopf sitzt er auf dem Boden, um sich herum ein Wust zerrupfter Watte, und kaut auf seiner Windel. Ich nehme ihm den aufgeweichten Vlies aus dem Mund und ziehe die nasse Schlafanzughose herunter, die ihm um die Knie klebt. Als ich mich zu ihm beuge und ihm meine Hand reiche, wehrt er sich und hält sich an seinem entblößten Geschlechtsteil fest. Ich versuche es mit gutem Zureden. Verspreche ihm, dass er gleich wieder in sein Bett darf, wenn er eine neue Windel angezogen und ich sein Bett frisch bezogen habe. Aber er schreit und schlägt wie wild um sich, wenn ich ihn anfasse. Ich lasse ihn und kümmere mich um die anderen Bewohnerinnen und -Bewohner, die durch Herbert geweckt, im Flur hin und her flitzen und brüllen wie am Spieß. Eine gute Stunde brauche ich, bis endlich alle beruhigt sind, in ihren Betten liegen und Ruhe eingekehrt ist.

In der Zwischenzeit hat sich Herbert abreagiert und schläft wie ein Baby. Leise schließe ich die Tür und schleiche mich durch den langen Gang ins Wohnzimmer. Auf meinem Handy sehe ich, dass eine Nachricht hinterlassen wurde.

„Hallo Alex, hier ist Roswitha", höre ich eine Stimme auf meiner Mailbox. „Tom ist im Krankenhaus."

Dann ist es still in der Leitung bis auf ein schwaches Rauschen und ihr unterdrücktes Weinen. „Tom hat Krebs."

Ich warte und halte die Luft an. Nach dem harten Räuspern klingt ihre Stimme gefasster, so als spräche eine andere Person. Sie nennt mir das Krankenhaus, in dem Tom untergebracht ist und wiederholt die Adresse, zweimal, zum Mitschreiben. „Ich wollte dich das wissen lassen, es ging alles so schnell", sagt sie noch bevor sie mit einem kurzen Gruß auflegt. Ich muss die Nachricht ein paar Mal hören, um zu kapieren was los ist.

Roswitha.

02

Wenn alle schlafen, nutze ich die Zeit zum Lesen und wenn ich Glück habe, kann ich bis zum frühen Morgen die Ruhe auskosten. Das ist das Gute an diesem Job. Man lässt mich in Frieden. Ein passender Ausgleich zu meiner eigentlichen Arbeit als Künstlerin, wo ich mich permanent beweisen muss.

Heute aber fasse ich kein Buch mehr an. Roswithas Nachricht hat mich völlig durcheinander gebracht.

Draußen wird es Tag. Ich kann das Dröhnen von der nahen Stadtautobahn hören, wo sich der Berufsverkehr vom Norden in den südlichen Teil der Stadt schlängelt.

Ursula ist wie immer die erste, die wach wird und verschlafen zum Badezimmer tappst. Sie möchte morgens gerne alleine sein und ich lasse sie in Ruhe und schaue nur ab und zu nach, ob sie etwas braucht.

Ursula ist von Geburt an geh- und sprachbehindert. Ihre Hüfte ist so schwer deformiert, dass sie nicht ohne Gehhilfen laufen kann. In der

Regel kann sie sich allein anziehen, wenn ich ihr die Kleidung aus dem Schrank hole und sie sorgfältig auf ihrem Sessel drapiere. Manchmal aber trödelt sie vor sich hin, sodass ich sie auffordern muss, sich zu beeilen, damit sie den Schulbus nicht verpasst, der um sieben kommt.

Ich kontrolliere, ob ich die Tassen und Teller richtig verteilt habe. Wenn etwas nicht stimmt, kann der ganze Ablauf ins Stocken geraten und völliges Chaos ausbrechen. Gustav bekommt Panik, wenn auf seinem Frühstücksgedeck Steffis Koalabär-Tasse steht statt sein Becher mit dem Kaiserpinguin-Pärchen. Es muss die Tasse mit dem abgeschlagenen Henkel sein, die ihm seine Oma zum Geburtstag geschenkt hat, und die Scheibe Brot mit Teewurst muss ich ihm in exakt vier gleich große Teile schneiden, damit er sie isst.

Es gibt eine lange Liste, auf der die Vorlieben aller Bewohnerinnen und -Bewohner vermerkt sind. Was Ursula morgens trinken will, warme Milch mit Honig, Kakao mit zwei gehäuften Esslöffeln Zucker für Herbert, Hagebuttentee ohne Zucker für Charlotte. Pfefferminztee und zwei Scheiben Toast möchte Ingrid haben, keinen Zucker für Gustav. Regina soll man jeden Morgen fragen, was sie essen und trinken möchte. Mal sind es

Haferflocken und dann lieber Schwarzbrot.

Das strenge Einhalten dieser Wünsche bedeutet Geborgenheit und es rührt mich, dass es in dieser Sache keine Kompromisse gibt.

Ursula ist noch nicht fertig, als der Schulfahrdienst Punkt sieben kommt. Charlotte steht nackt in einer Ecke, will sich nicht duschen und rupft sich die Haare aus. Herbert hat in sein Zimmer gekackt und Kai ist erst gar nicht aufgestanden.

Resigniert lasse ich ihn schlafen und überlasse diese Aufgabe meiner Kollegin aus der nächsten Schicht.

Charlotte kann ich nach einer halben Stunde dazu bringen, sich anzuziehen und Herbert bleibt heute zu Hause.

Als ich im Bus sitze, höre ich nochmal Roswithas Nachricht ab. So ernst und verzweifelt habe ich sie noch nie sprechen hören.

Ich versuche mich abzulenken und an den blöden Fernsehfilm zu denken, den ich gestern Nacht gesehen habe. Wie ging der nochmal zu Ende? Haben sich die beiden versöhnt?

Die Frau, die Hauptprotagonistin, erinnerte mich an jemanden. Nach zwanzig Jahren verliebt sie sich wieder in ihre Jugendliebe. Sie kommt zurück und verzeiht ihm, dass er sie damals hänselte, weil sie pummelig war und eine Brille trug. Obwohl er sich überhaupt nicht verändert hat, sie aber vom Pummelchen zur Karrierefrau wurde, kommen sie nach anfänglichen Neckereien endlich zusammen und heiraten. Bis zum Schluss habe ich mir den Film angesehen.

Wenn ich nachts alleine fernsehe, berührt mich die dümmste Geschichte.

Schläfrig blicke ich durch das beschlagene Fenster auf die Straße. Um diese Zeit sind nicht viele Leute unterwegs. Schon gar nicht in dieser Gegend, in den Außenbezirken von Berlin.
Das sanfte Schaukeln und die warme Heizungsluft beruhigen mich. Als ich zum Busfahrer schaue, blickt er in den Rückspiegel und gähnt. An der Haltestelle stoppt er und eine Horde pubertierender Jungs stürmt herein. Lautstark streiten sie um die Sitzplätze. Immer wieder schlagen sie sich gegenseitig hart in die Rippen und in die Schöße und lachen dabei. Ich schiebe meine Füße weiter zu mir heran, kreuze die Hände über meine Brust, schließe die Augen und stelle mich tot.
Es ist halb neun, als ich zu Hause ankomme.

Die Wohnung ist dunkel und riecht nach Kümmel, schwarzem Pfeffer und Majoran. Ich schalte das Licht an, ziehe den nassen Mantel aus und schleiche ins Schlafzimmer. Børre schläft. Er hält die Arme verschränkt über seine Brust und atmet ganz tief ein und aus wie ein Buddha.

Ich zerre mir meine Schuhe von den Füßen und werfe sie in die Ecke. Børre dreht sich um, öffnet kurz die Augen und schläft sofort wieder ein.

Die Slimfit-Jeans klebt mir an den kalten Schenkeln. Mit einem Bein schwanke ich über dem Fußboden und versuche mir die Hose abzustreifen. Das T-Shirt behalte ich an. Mir fröstelt bei dem Gedanken, nackt sein zu müssen. Hastig schlüpfe ich unter die Decke und schmiege mich an Børres haarigen Körper. Er riecht nach Bier und Zigaretten. Ich drehe mich um und lasse mich von seinen Beinen umklammern. Er umfasst meine Hüften. Sein Becken drückt an meine Pobacken und mir wird warm. Ganz nah an meinem Ohr höre ich Børres schneller werdenden Atem und fühle seine Hände auf meinen Brüsten. Sachte dreht er mich um und schiebt meine Beine auseinander. Er presst sich auf meinen Körper und fängt an mich zu küssen.

Ich schließe die Augen.

Mein Handy, das auf meinem Nachttisch liegt,

vibriert lautlos. Auf dem Display sehe ich, dass Inger-Lise schon zweimal versucht hat, mich zu erreichen. Kurz überlege ich, ob ich sie zurück rufen soll. Wahrscheinlich will sie mir von ihrem Date berichten. Sie hat sich gestern Abend mit diesem Typen getroffen, den sie auf Tinder kennenlernte. Die Vorstellung, fremde Leute zu treffen, um Sex zu haben, stößt mich ab. Vielleicht hätte ich es vor zehn, fünfzehn Jahren interessant gefunden, jetzt aber ist mir die Vertrautheit, das immer Gleiche der Monogamie, ganz recht. Eine unkomplizierte Zärtlichkeit bestimmt heute meine Beziehung zu Børre. Wir berühren uns ständig. Flüchtig beim Vorbeigehen. Ganz unverhofft drückt er mich ganz fest an sich, einfach so, aus heiterem Himmel.

Morgens kommt er auf meine Bettseite und kuschelt sich an meinen Körper. Wenn es zu heiß wird unter der Decke, kriecht er, ohne mich zu wecken, aus dem Bett und geht in die Küche, um Kaffee zu kochen. Manchmal haben wir wochenlang keinen Sex miteinander und lachen nur darüber. Unsere Liebe verändert sich. Die stürmischen Begierden der ersten Jahre lassen nach, dafür kommen neue, unbekannte Gefühle hinzu, die nicht minder schön sind und vielleicht erst eine richtige Liebe ausmachen.

Das Gute am Älterwerden ist, denke ich und werde immer schläfriger, dass man nicht mehr alles erleben muss.

Ich drehe mich um und betrachte Børres Gesicht, das ganz dicht an meinem liegt. Dünne Nervenstränge zucken um sein linkes Auge, und die Mundwinkel sind leicht nach oben verzogen, als würde er von etwas Schönem träumen. Ich bemerke die zarten Falten um Mund und Augen, seine gebogenen Wimpern streifen das Kopfkissen. Lange betrachte ich ihn, bis er sich bewegt, etwas Zärtliches murmelt und seine Hand nach mir streckt.

03

Die Sonne sickert durch den verhangenen Himmel und wirft ein schwefelgelbes Licht auf die Tapete. Børre muss aufgestanden sein und hat das Haus verlassen, ohne dass ich ihn hörte.

Ich tappse in die Küche. Zigarettenrauch hängt in der Luft. Die Lampe über der Anrichte hat Børre wie immer vergessen, auszuschalten. Die angerauchte Zigarette ohne Filter, dick gedreht mit dünnem Blättchen, liegt im Aschenbecher neben der Espressotasse. Zu seinem Kaffee raucht Børre jeden Morgen eine halbe Zigarette. Wenn er ein oder zwei Züge gemacht hat, legt er sie auf den Aschenbecherrand und lässt sie ausgehen. Am Abend, wenn er zurück kommt, raucht er sie zu Ende oder lässt sie bis zum nächsten Morgen ungerührt liegen. Mich macht Nikotin zum Frühstück schwindelig und von starkem Kaffee bekomme ich Bauchschmerzen.

Auf dem Küchentisch liegt ein Zettel mit einer Zeichnung. Ein Strichmännchen hebt einen großen Pinsel und lacht. "Vi sees ikveld - puss & klem!", hat er geschrieben und ein Herz dazu gemalt.

Die Burger vom gestrigen Abendessen hat Børre für mich aufgehoben und liebevoll mit Petersilie und Kirschtomaten dekoriert. Ich schiebe mir eine Tomate in den Mund und schließe die Kühlschranktür. Das heiße Wasser gieße ich in den Kaffee, weil er sonst zu stark ist und gehe zurück ins Bett.

Aus dem Treppenhaus höre ich ein nerviges Geschrei. Bestimmt ist es wieder das Nachbarskind, das von seinen Eltern drangsaliert wird, dieser Junge, der immer verstummt, wenn ich ihm auf der Treppe begegne.

An der grauen Brandmauer vor dem Fenster hängen dünne, verdorrte Äste Efeu vom vergangenen Sommer. Selbst im Winter klammern sich Schwärme von Vögeln wie Ertrinkende an die dürren Zweige und picken die letzten Samen mit ihren Schnäbeln auf. Mit viel Lärm streiten sie sich um jedes Korn.

Mein Handy klingelt. Es ist Børre.

„Guten Morgen älskling. Hab ich dich geweckt?"

„Nein, hast du nicht. Ich bin schon lange wach. Schön, dass du anrufst", antworte ich und meine Stimme hört sich an wie die einer uralten Frau.

„Alles okay? Du klingst so komisch."

Jetzt kann ich mich nicht mehr halten und fange

laut zu weinen an.

„Hey, älskling. Was ist denn los?"

„Tom", plärre ich in den Hörer. „Tom ist im Krankenhaus."

Es bleibt lange ganz still in der Leitung. „Bist du noch da?"

„Ja, ja. Natürlich. Entschuldige aber das kommt so plötzlich. Ich weiß gar nicht was ich sagen soll. Ist es schlimm?"

„Krebs", presse ich heraus.

„Oh, mein Gott. Das tut mir so leid älskling." Ich lege meinen Arm auf die Stirn und schließe die Augen. Bis auf mein Schluchzen und sein tiefes Atmen höre ich nichts. Alles schließt sich wie in einer luftdichten Kapsel. In meinem Kopf hämmert es, als würden kleine Lebewesen darin nisten. „Wusstest du, dass er krank ist?". Ich antworte nicht und konzentriere mich auf das Pochen der kleinen Tierchen hinter meinen Stirnhöhlen. „Willst du nach Hamburg fahren und Tom besuchen? Vielleicht solltest du das älskling", sagt er dann, ohne meine Antwort abzuwarten.

„Ja", sage ich kaum hörbar und alles ist ganz hell, als ich die Augen wieder öffne.

„Willst du, dass ich mitkomme?"

„Das brauchst du nicht. Ich fahre, sobald ich

mir von der Arbeit frei nehmen kann", höre ich mich sagen und sehe vor dem Fenster gerade noch eine Gruppe Mauersegler vorbei fliegen und hinter dem Kirchturm verschwinden.

„Gut. Mach das, wie du es für richtig hältst", sagt er und fragt ein paarmal, ob er noch etwas für mich tun kann und ich schüttele nur mit dem Kopf. „Und wie lange willst du bleiben?"

„Ich weiß nicht. Ich nehme ein Hotel. Ich finde bestimmt etwas Billiges." Jetzt die Nacht zu erwähnen, in der wir damals in Hamburg auf St. George landeten, kommt mir unpassend vor und ich sage nicht, dass ich an diese romantische Reise denke, als Børre mich zum ersten Mal auf eine meiner Vernissagen in einer anderen Stadt begleitete.

An diesem Abend, beim Essen in einem sündhaft teuren Restaurant, zu dem uns der Museumsdirektor einlud, lernten sich Børre und Tom kennen. Sie mochten sich auf Anhieb, lästerten über die versnobten Leute, die mit an unserem Tisch saßen und tranken zusammen Wodka bis zum frühen Morgen.

„Tom hat einen guten Humor", sagte Børre auf dem Nachhauseweg und wiederholte amüsiert Toms bissige Kommentare zu dem Sammlerehepaar aus Südamerika. „Er nimmt kein Blatt vor den Mund. So schlagfertig wie er diese Neureichen angemacht hat, das war großartig. Hast du gesehen, wie eingeschüchtert die von ihm waren?" Er lachte, nahm meine Hand und schüttelte immer wieder anerkennend mit dem Kopf. Mich machte es stolz und ich war glücklich, dass sich die beiden so gut verstanden.

Als wir zurück ins Hotel kamen, sahen wir Frauen in kurzen Kleidern und hohen Stiefeln am Eingang stehen und auf Kundschaft warten. Mir war der kräftige Geruch nach Desinfektionsmittel schon beim Einchecken aufgefallen und ich war sicher, dass wir in einem Bordell gestrandet waren. Schnell, ohne etwas zu sagen, gingen wir an ihnen vorbei auf unser schäbiges Zimmer und Børre schlief sofort ein. Auf den Fluren wurden ununterbrochen Türen auf und zu geschlagen, ich hörte Männer laut reden und Frauen schimpfen und stöhnen. In dieser Nacht wurde mir klar, dass Tom und Børre die wichtigsten Menschen in meinem Leben sind, egal was kommen mochte.

„Weißt du was, ich habe heute nicht viel zu tun im Atelier. Ich hole uns etwas von der französischen Konditorei und bin in einer Stunde zu Hause."

„Das ist wirklich lieb von dir", sage ich und denke an die vielen Kalorien.

„Gut! Dann bleibe wo du bist. Ich bin gleich

da." Wir legen auf und ich zwinge mich aus dem Bett, denn wenn er kommt, will ich ihn nicht mit verheultem Gesicht und ungeputzten Zähnen empfangen.

In der Küche mache ich mir noch einen Kaffee und checke meine Mails. Wie immer gibt es mindestens zwanzig Eingänge, die mir etwas verkaufen wollen, was ich nicht brauche, oder um meine Unterschrift bitten für dringende Projekte, weit entfernt von meiner Welt. Ich markiere die Werbung und die Spendenaufrufe und werfe sie gesammelt in den virtuellen Papierkorb. Kurz fühle ich mich unwohl bei dem Gedanken, wie mühelos ich Elend und fremde Not beiseite schieben und ignorieren kann.

Ein paar Einladungen für Ausstellungseröffnungen werfe ich ebenfalls ungelesen weg.

04

Den Rest Mandelsplittertorte packe ich auf einen Porzellanteller. Die Macarons haben wir gestern alle aufgegessen, weil die, laut Børre, nur frisch gut schmecken. Zum Sekt passt ein Stück Kuchen ganz gut, denke ich und schiebe die bunte Serviette, die von der Geburtstagsfeier im Heim noch übrig war, unter das Tortenstückchen, so dass nur noch das "Happy" von "Happy Birthday" zu lesen ist.

Es gibt etwas zu feiern. Børre hat das Aufenthaltsstipendium in Dale bekommen und wird für drei Monate in Norwegen sein.

„Das ist einfach fantastisch, dass das geklappt hat! Herzlichen Glückwunsch Børre!", rufe ich, als er zur Wohnungstür herein kommt und halte eine Flasche Crémant in der Hand, die wir schon monatelang für eine passende Gelegenheit im Kühlschrank kalt gestellt halten. Er wirft seine schwere Arbeitstasche auf den Fußboden, behält die Schuhe an und reißt die Arme weit auf, um mich zu umarmen.

„Danke dir, älskling. Aber lass die Flasche mal lieber zu", lacht er und nimmt mir den Sekt aus der Hand. „Lass uns lieber raus gehen und feiern. Inger-Lise und Lasse haben gefragt, ob wir sie heute Abend treffen wollen und ich hab eigentlich schon zugesagt." Ich versuche meine Enttäuschung zu verbergen. Mir ist nicht danach, unter Leute zu gehen. Ich hatte gehofft, dass wir zu Hause bleiben und die Flasche Champagner zusammen trinken, was kochen oder eine Pizza holen. Mir hätte das gereicht. Zum Feiern ist mir nicht zumute. Meine bevorstehende Reise nach Hamburg und die Sorge um Tom beschäftigen mich. Morgen muss ich arbeiten und schließlich ist das nur eine Nominierung.

„Du warst doch gestern bei Marcus' Geburtstagsparty. Wird dir das nicht zu viel?", frage ich vorsichtig. Die Wahrheit ist, ich kann Marcus nicht ausstehen und würde nie zu seinem Geburtstag gehen. Seit Marcus von dieser Galerie in Mitte vertreten wird, ist er unerträglich geworden. Den absoluten Tiefpunkt erreichte er mit einem Post auf Facebook. Als ich auf den Link klickte, hörte ich zuerst nur laute Musik mit einer schlechten Akustik und Partystimmengewirr. Ich brauchte ein paar Sekunden, bis ich die Melodie erkannte. „Yes Sir, I can Boogie, Boogie, Boogie all night long...". Die Kamera machte einen Schwenk von der Wand, auf der

Marcus' Name in großen, goldenen Buchstaben stand, in den Galerieraum. Es mögen zehn übrig gebliebene Gäste gewesen sein, die tanzten und hysterisch den Song von Baccara mitsangen. Das Licht war grell, der Boden harter Beton. Alle waren sturzbetrunken und mit Koks zugedröhnt. Hemmungslos lachten sie laut, umarmten, küssten sich und fanden in ihrem Rausch alles gut.

Eine Frau, weißes Kleid von Gucci, hohe Riemchenschuhe, lange, blonde Haare, hob die Arme und kreischte. Die Leute grölten und bewegten ihre schwer gewordenen Körper. Die Kamera zoomte näher an Marcus heran. Erst sah man ihn von hinten, wie er unbeholfen und arhythmisch zur Musik wackelte und dabei ein Sektglas in seiner Hand balancierte. Als er die Kamera bemerkte, drehte er sich um, warf die Hände in die Luft, wedelte mit den Fingern und grinste über das ganze Gesicht. Schnell begriff er, dass das nicht gut aussah und tänzelte mit kleinen Schritten auf den Balkon. Sein großes, verzerrtes Gesicht kam für einen Moment ganz nah an die Linse. Seine Augen waren pechschwarz und starr. Er prostete mir in die Optik zu, lachte künstlich und verkrampft, bis der Film abrupt endete.

Ich war peinlich berührt und kann nicht fassen,

dass Marcus so etwas postet.

Merkt er denn nicht, wie armselig das ist, abgedroschene siebziger Jahre Musik witzig zu finden, nur weil man unter Drogen ist?

„Wie kommst du darauf?", sagt Børre heiter und ich zucke leicht zusammen. „Ich gehe doch nicht zu Marcus' Geburtstag. Ich kann den nicht leiden, das weißt du doch".

Er schüttelt den Kopf und stellt die Flasche Crémant zurück in den Kühlschrank. „Nun komm schon", sagt er und hält mir den Mantel hin.

Ohne weiteren Protest ziehe ich mir die Schuhe an und wir verlassen die Wohnung Richtung Bar.

Der Barkeeper freut sich uns zu sehen. Wir und unsere skandinavischen Freunde sind in jeder Kneipe gern gesehen, weil wir viel trinken und gutes Trinkgeld geben.

„Jetzt müssen wir anstoßen auf Børre und sein Stipendium!", ruft Inger-Lise fröhlich und hebt ihr volles Glas in die Luft. Sie ist in Feierlaune.

„Auf Børre!", grölt Lasse und schüttet im Eifer sein Bier in den Schoß.

Eben noch saß er wortkarg in der Ecke wie ein Häufchen Elend. Ihm droht die zweite Räumungsklage und er hat nichts Neues in Aussicht.

Ich werde nie ganz schlau daraus, wie er es doch immer wieder schafft, ohne einen Job seine Miete zu zahlen.

Børre gibt eine Runde Jägermeister aus. Ich hasse Jägermeister und gebe mein Glas an Inger-Lise weiter.

„Wie läuft es bei dir so?", fragt sie mich und lässt sich auf den Stuhl neben mir fallen.

Ihr glasiger Blick huscht an meinem Gesicht vorbei.

„Nicht so gut", antworte ich. „Ich habe einen Anruf von Toms Mutter erhalten. Tom hat Krebs."

Inger-Lise sieht mich entgeistert an.

„Was?", schreit sie und beugt ihr Gesicht in meine Richtung. Vielleicht hat sie nicht verstanden, was ich gerade gesagt habe. Es ist laut und voll in der Bar.

„Du hast ihn mal bei meinem Geburtstag getroffen. Ist schon Jahre her. Tom, mein ältester und bester Freund. Wir kennen uns schon seit der Schulzeit und kommen aus dem gleichen Kaff." Überrascht hebt sie ihren Kopf und sieht mich an, als hätte sie eine Erleuchtung.

„Was hast du gesagt?"

Sicherlich hat sie mich nicht verstanden oder nicht kapiert was ich gesagt habe. Ihr Deutsch ist nicht besonders gut und die Musik plärrt uns in die Ohren.

„Ach, schon gut."

Mir ist selbst nicht zumute, über Tom zu reden. Der Alkohol hat mich in eine friedliche Stimmung versetzt. Inger-Lise hat gute Laune und ich will den Abend nicht mit Gerede über Krankheiten und den Tod verderben.

„Ich erzähl es dir ein andermal."

Sie zuckt mit den Schultern.

„Und kunstmäßig?", schreit sie mich an, als das Stimmengewirr für einen Moment absinkt, „machst du gerade was Neues?"

„Ja", lüge ich und gebe ihr ein Zeichen, dass ich sie kaum verstehen kann bei dem Lärm.

„Das ist ja super!", pustet sie in mein Ohr und nimmt einen Schluck von ihrem grünen Cocktail, den ihr der Barkeeper gerade serviert hat.

Ich blicke über den Tisch zu Børre, der sich mit Lasse unterhält. Lasse raucht einen Joint und sieht glücklich aus. Neben ihm sitzt Dagmar und nippt an ihrer trüben Apfelschorle. Sie ist die Einzige, die keinen Alkohol trinkt, aber trotzdem immer dabei ist. Dagmar ist mir ein Rätsel. Obwohl sie Partys nicht ausstehen kann, nicht trinkt, nicht raucht und Small Talk verabscheut, verpasst sie keine Feier. Sie gehört zu denen, die immer alles machen, was von ihnen verlangt wird. Wie eine Beamtin bewirbt sie sich bei allen Kunstwettbewerben und für Stipendien, sie verpasst keine Ausschreibung. Ehrenamtlich sitzt sie in etlichen Komitees und Jurys und hofft, dadurch Kontakte zu knüpfen. Das Vernetzen und Socializing ist ihr eigentlich zuwider, viel lieber würde sie zu Hause bleiben und lesen.

Einmal besuchte ich mit ihr die Documenta in Kassel. Das meiste, was dort gezeigt wurde, interessierte mich nicht. Sogenannte diskursive Kunst oder Kunst, die sich vordergründig mit politischen Themen beschäftigte. Ich war genervt und führte Käthe Kollwitz an, deren Kunst politisch ist, ohne dass sie sich selbst als politische Künstlerin verstand. Aber Dagmar sah das nicht ein.

Als sie dann die zweieinhalbstündige Dokumentation über den Konflikt in Gaza ansehen wollte, wurde es mir zu viel und ich ging auf unser Hotelzimmer und sah fern.

Lasse reicht ihr aus Versehen den Joint und bläst ihr den blauen Dunst ins Gesicht. Beleidigt schnappt sie sich ihre abgestandene Schorle und setzt sich zu Christoph in die Ecke.

Christoph ist ein ganz anderer, seitdem er nicht mehr raucht und sich von seiner langjährigen

Beziehung getrennt hat. Eine echte Leidenschaft scheint er jetzt nicht mehr zu haben, außer, dass er eben Konzeptkünstler sein will. Seine Kunst nennt er jetzt Forschung und hat sich auf Lecture Performances spezialisiert, was im Grunde nur ein Vortrag ist, von einem Künstler vorgetragen. Er und Dagmar glauben, dass das, was sie machen engagiert und wichtig ist. Dabei interessiert sich außerhalb ihres kleinen Kunstkreises niemand für ihre Arbeit. Die Subkulturen und Ausgegrenzten, mit denen sie sich so gerne beschäftigen, sprechen sie längst nicht mehr an und führen einen Diskurs über Dinge, die sie gar nicht betreffen. Aber das merken sie nicht.

Wir feiern bis in den Morgen hinein. Am Ende bleiben nur noch die Skandinavier übrig und am nächsten Tag erinnert sich niemand mehr an nichts.

Unsere Freunde, die fast alle Künstler sind, genießen den Luxus, lange schlafen zu können.

Einen Brot-Job brauchen die meisten nicht, weil der norwegische Staat sie großzügig mit Stipendien unterstützt.

Geld kommt immer irgendwie rein und später werden sie erben.

05

Ich ärgere mich über meinen Kater, als ich am Nachmittag aufwache. Børre stört so etwas nicht. Im Gegensatz zu mir kostet er es aus, mit gutem Grund faul sein zu können. Er wird heute einfach nicht ins Studio fahren, in seinem Zimmer rumhängen, schlechte Filme sehen und viel essen. Nach so einer Nacht hat er immer Appetit. Erst auf Saures, dann auf Scharf-Würziges und anschließend auf etwas Süßes, das er beim Späti kauft, weil wir nie Süßes im Haus haben.

Gut, dass ich die Spätschicht heute mit einer Kollegin getauscht habe, denke ich, reibe mir die Schläfe und lasse schon mal Wasser in die Wanne.

„Soll ich dir was vom Späti mitbringen?", ruft Børre aus dem Flur.

„Ja", rufe ich zurück.

„Was denn?"

„Egal."

Ich höre die Wohnungstüre zuschlagen und Børres laute Schritte im Treppenhaus.

Børre badet ungern, er findet baden langweilig. Ich hingegen liebe es, stundenlang im warmen

Wasser zu liegen, bis meine Haut rot und runzelig ist. Ich lege saubere Handtücher bereit und drücke den Rest Seife aus der Tube. Der Schaum riecht nach Kiefernzapfen und dornigen Rosen. Während das heiße Wasser die Wanne füllt, ziehe ich mich langsam aus und stopfe meine Kleider in die Waschmaschine. Nackt laufe ich ins Schlafzimmer, sammle die schmutzige Wäsche ein und programmiere die Maschine.

Als Børre zurückkommt, habe ich zwei Kerzen auf den Klodeckel gestellt und lasse leise Musik von meinem Handy abspielen. Mit den Fingerspitzen prüfe ich die Temperatur und schlage kleine Wellen auf der Wasseroberfläche.

„Ich habe dir Weingummis und Erdbeerschokolade mitgebracht."

Eine Plastiktüte voller Süßigkeiten in der Hand haltend, steht Børre mit Mantel und Schuhen in der Badezimmertür und schaut mir zu.

„Das sieht gemütlich aus", sagt er.

„Komm doch mit rein."

Ich sitze schon in der Wanne, das Wasser reicht mir bis zum Bauchnabel.

Ihm ist das Wasser zu heiß, es dauert ein paar Minuten, bis er vollständig in der Wanne sitzt. Der Dunst vernebelt den Raum wie in einer Sauna, unsere Gesichter sind feucht und rot.

Als das Wasser meinen ganzen Körper bedeckt, lege ich den Hinterkopf auf den Beckenrand und fühle das kühle Emaille in meinem Nacken. Ich zähle die Löcher, die die Vormieter in die alten, mintgrünen Kacheln gebohrt haben. Meine Stimme vibriert in den Ohrmuscheln.

„Kennst du den Song "Small Town Boy" von Bronski Beat? Der ist Anfang der 80er Jahre herausgekommen, du kennst den bestimmt."

Ich singe den Refrain. Børre hört mir amüsiert zu und kaut auf einem Weingummi mit der Form eines Schmetterlings.

„Nein, kenne ich nicht. Aber wenn du das singst, gefällt es mir."

Wir haben fast nie den gleichen Musikgeschmack. In meiner Jugend habe ich Disco gehört. Børre Metal.

Unsere Vergangenheiten haben unterschiedliche Soundtracks und meinen Stil in Sachen Musik habe ich von Tom. Er liebte Musik und kaufte sich jede Woche Schallplatten, die wir dann zusammen hörten. Er hatte eine riesige Plattensammlung. Schon als Teenager. Wie Roswitha das finanzierte, habe ich nie verstanden. Schließlich war sie die Alleinverdienende und arbeitete als einfache Verkäuferin.

„Mich erinnert dieser Song an Tom. Er liebte

Jimmy Somerville." Mit beiden Händen schiebe ich eine Schaumwolke über meine Brust. „Eine Zeitlang hatte er die Haare auch so kurz geschoren, trug Karottenjeans und ein weißes T-Shirt in die Hose gestopft."

„Das hasste ich immer, wenn man das T-Shirt in die Hosen steckte", lacht Børre und hält mir ein Stück Schokolade vor die Nase, „in Berlin sieht man das heute noch!" Ich öffne den Mund und schnappe nach der Süßigkeit.

Bis zum Kinn tauche ich in das warme Wasser und beobachte, wie sich die Schaumblasen drehen, sich trennen, neu formatieren und dann auflösen.

„Dann kennst du auch das Video nicht? Das war damals richtig gut. So was hatte man noch nie gesehen. Eine richtige Coming-out Geschichte. Jimmy Somerville, der sich selbst spielt, wird von fiesen Heteros, die er heimlich begehrt, geschmäht und geschlagen. Daraufhin erfahren die Eltern von seinem Schwulsein und er packt seine Sachen und verlässt die spießige Vorstadt. Die Mutter weint, der Vater gibt ihm ein paar zerknitterte Geldscheine statt eines Händedrucks zum Abschied. Man sieht, wie er im Zug sitzt und auf die Gleise blickt, die irgendwie auf eine bessere Zukunft verweisen. Ich glaube das alles war sogar in schwarz-weiß oder zumindest in sehr verwaschenen Farben aufgenommen, auf Super8 Material."

„Hab ich nie gesehen. Mich hat so eine Musik nie interessiert. Ich kannte auch kaum Schwule."

Selbst wenn ich ihm das Video jetzt vorspielen würde, könnte er nicht verstehen, was es damals für uns bedeutete. Ich identifizierte mich mit Tom und solidarisierte mich mit ihm gegen die Normalos. Sein Coming-out und die Kränkungen, die er erfuhr, waren für mich so schmerzhaft, als ob ich es selbst, am eigenen Leib, erlebte.

„Jimmy Somerville sah aus wie ein schwuler Skinhead. Irgendwie süß und ganz normal. Sonst waren schwule Popstars immer tuntig, waren geschminkt, hatten bunte Klamotten an und verrückte Hüte auf. Das war was ganz anderes. Das war ein ganz neues, männliches Bild für Homosexuelle."

Mit ausgestreckten Beinen, die Füße neben Børres Kopf auf den Beckenrand abgestützt, lehne ich mich zurück und summe den Song. Børre hört mir mit geschlossenen Augen und kauendem Mund zu.

Mein Blick wandert hinter Børres Kopf langsam die Wand hoch. Wie Esther Greenwood in dem Buch "Die Glasglocke" von Sylvia Plath erinnere ich mich an jede Badezimmerdecke über jeder Badewanne.

Ich betrachte die Wölbungen, Risse und Furchen, die wie eine Kraterlandschaft aussehen. Weiße Wandfarbe ist auf die Waschmaschine gebröckelt und hinterlässt eine feine Staubschicht auf der glatten Oberfläche.

„Hast du den Fleck weg gemacht?" Ich spüre die borstigen Haarstoppeln an meinen Fingerspitzen, als ich mit den Händen die Beine hoch und runter fahre. Fast bin ich enttäuscht, dass die schmutzige Stelle, über die ich mich so lange ärgerte, verschwunden ist.

„Ich hatte es dir ja versprochen."

„Oh, das ist lieb von dir", bemühe ich mich freudig zu klingen, beuge mich vor und gebe ihm einen Kuss auf den Mund. Seine Lippen schmecken nach Seife und Weingummis. „Mich hat dieser Fleck immer an die Wohnung von Mrs. Smith erinnert", sage ich mit belegter Stimme.

„Mrs. Smith? Wer ist denn Mrs Smith?", Børre lacht und drückt sich das Men-Shampoo, das laut Werbung für Körper und Haare geeignet ist, in seine Handfläche.

„Das war die alte Dame, bei der Tom und ich die letzten Wochen in London lebten, irgendwo am östlichen Stadtrand." Er massiert sich sanft die Kopfhaut.

„Davon hast du mir nie erzählt."

„Ich habe lange nicht mehr daran gedacht."
Seine Knie ragen wie zwei Berge aus dem trüben Badewasser. In einem Roman habe ich mal gelesen, dass Menschen mit runden Knien vertrauenswürdige Menschen seien.

„Wir ernährten uns die ganze Zeit nur von Toast, gesalzener Butter und Marmelade, weil wir kein Geld mehr hatten." Der Geschmack des weichen Toasts, der im Gaumen kleben blieb, und des schwarzen starken Tees, den wir mit Milch und viel Zucker tranken, liegt mir auf der Zunge.

„Das klingt ja krass." Børre schüttelt mit dem Kopf. Er kann Tee mit Milch nicht ausstehen. „Dass du dich das getraut hast. So ganz alleine und ohne Plan nach London zu gehen", sagt er nach einer Pause.

„Aber ich war nicht alleine. Ich hatte ja Tom. Wegen ihm bin ich doch nach London." Meine Knie sind spitz und kantig, fällt mir jetzt auf. Ich strecke die Beine aus und lasse sie unter dem Badeschaum verschwinden. Nur meine glatten Brustwarzen zeigen sich, wenn ich Luft hole.
„Kennst du das, wenn man nicht weiß, ob die eigenen Erinnerungen echt sind oder nur Pseudoerinnerungen?"

Er lehnt sich vor, um nach der Seife zu fischen, die irgendwo auf dem Wannengrund schwimmt und löst damit eine kleine Turbulenz aus.

„Nein, das kenne ich nicht." Seine Hände tasten auf dem Badewannengrund.

„Ich habe fast keine Erinnerungen an diese Zeit in London, als wäre das alles nicht gewesen."

„Aber war das keine schöne Zeit?"

„Für Tom schon. Er erlebte sein Coming-out und cruiste in der Schwulenszene herum. Ich habe mich alleine gefühlt." Vielleicht begann da unsere Trennung, denke ich. Ganz langsam, leise, ohne Bruch und Drama.

Ich rutsche in die Aufrechte und nehme eine Knie-zur-Brust-Haltung ein.

„Ich hätte dich gerne gekannt zu dieser Zeit." Børre streicht eine Strähne aus seinem Gesicht. „Aber wahrscheinlich hätte ich mich nicht getraut, dich anzusprechen. So cool, wie du warst." Ich muss lachen und zum Scherz spritze ich ihm Wasser ins Gesicht.

Mit nassen Haaren sieht er aus wie der junge Mann aus Peru in der Dokumentation, die ich im Fernsehen sah und seit dem nicht vergessen kann. „Bei uns ehrt man die Berge", sagte er stolz. Im Hintergrund waren die weißen Gletscher der Anden und der blau glitzernde Titicacasee zu sehen. Ich verstand augenblicklich seine Traurigkeit und fühlte mich diesem Mann ganz nah. „Sie beschützen die Menschen hier. Sie geben uns etwas und wir müssen ihnen etwas zurück geben. Wir lieben diese Berge und sie lieben uns zurück." So einfach, wie er das sagte, ganz ohne Pathos, in vollem Ernst, musste ich fast weinen vor Rührung und Mitleid. Er ist nach Amerika zum Studieren ausgewandert und versucht mit diesem Wissen seine Heimat zu retten.

„Gut möglich", lache ich. „Aber eigentlich war ich ein ganz normales Mädchen und bei allen beliebt. Bis ich Tom kennenlernte. Ab dann waren wir total hermetisch und fanden alle anderen doof."

Jetzt lachen wir beide.

„Wie du wohl jetzt wärst, wenn du Tom nicht getroffen hättest?"Er nimmt die letzten beiden Weingummis aus der Tüte. „Lieber die gelbe oder die rote? Ich schnappe das gelbe und überlasse ihm das rote.

„Dann würde ich auf jeden Fall jetzt nicht hier mit dir in der Wanne liegen", necke ich, packe seine Waden und zwicke ihn fest in die stramme Haut. Er verzieht sein Gesicht, als hätte es wirklich weh getan.

„Aber im Ernst. Was glaubst du, wäre anders

gewesen, wenn du Tom nicht als Freund gehabt hättest?"

„Ohne Tom wäre ich ganz sicher nicht aufs Gymnasium gegangen, das steht fest." Børre nickt mit dem Kopf. „Habe ich dir erzählt, wie er jede Englisch Klausur für mich schrieb?" Er kennt diese Geschichte schon, will mich aber nicht davon abhalten, sie nochmal zu erzählen. „Wir hatten den gleichen Englischlehrer und somit die gleichen Klausuren. Ein komischer Kauz war das. Völlig verpeilt, trug Cordhosen und karierte Kurzarmhemden, die bis zum Ellbogen gingen, aber Tom fand ihn attraktiv. Wir lasen "Brave New World", "The Great Gatsby" und "The Catcher in the Rye", den liebte Tom am meisten. Ich ging aufs Klo, wo Tom auf mich wartete und übermittelte ihm die Aufgabe. Nach zwei Stunden kam ich zurück, schrieb seinen Text in meiner Handschrift ab und bekam eine Eins. Das haben wir bis zum Abi so gemacht. Das kam nie raus." Børre lächelt mich an.

„Ganz schön frech."

„Ja", sage ich stolz und verschränke die Arme hinter dem Kopf. „Wir hatten da überhaupt keine Skrupel."

„Glaubst du, du wärst überhaupt weg gegangen, wenn Tom nicht gewesen wäre?"

„Ganz bestimmt nicht. Ich hätte einen normalen Beruf gelernt, Arzthelferin oder Bürofachgehilfin, einen Mann aus der Ortschaft geheiratet und eine Familie gegründet. So wie meine Eltern das wollten", sage ich lakonisch. „Für was sollte ich Abitur machen, wenn ich sowieso Kinder haben und Hausfrau werden würde, sagte mein Vater immer und war dagegen, dass ich weiter zur Schule ging." Børre verdreht die Augen und schüttelt den Kopf. „Tom hat mir immer Mut gemacht und Selbstvertrauen gegeben. Ich habe ihm viel zu verdanken. Eigentlich alles."

Ich drücke das lauwarme Wasser des vollgesaugten Schwamms über meine geschlossenen Augenlider. Der leichte Druck fühlt sich an wie eine zarte Berührung.

Dann klingelt das Telefon.

„Das ist bestimmt deine Mutter. Sie will dir zur Residenz in Dale gratulieren, meinst du nicht?"

„Ach, das kann warten. Ich kann sie ja zurück rufen."

„Du kannst ruhig ran gehen. Deine Mutter hat schon ein paarmal versucht, dich zu erreichen. Mach schon. Die freut sich doch so für dich, dass du das Stipendium hast. Ich bleibe noch ein bisschen in der Wanne liegen." Er wartet noch zwei Klingeltöne ab und springt dann schnell zum Telefon. Die nassen Füße hinterlassen Abdrücke auf dem Fußboden, die wie kleine Inseln aussehen.

„Hei, nei, det er ok. Du forstyrrer ikke", höre ich ihn fröhlich auf Norwegisch sagen.

Wenn er in seiner Muttersprache spricht, wirkt er wie ein anderer Mensch. Ab und zu höre ich ihn laut lachen. Einzelne Worte kann ich verstehen. Alles klingt freundlich, wie eine Kindersprache, die man sich nur ausgedacht hat.

Einmal die Woche ruft ihn seine Mutter an und will wissen, wie es ihm geht. Børre erzählt ihr alles, was in seinem Leben passiert. Sie kennt die Namen seiner Freunde und interessiert sich für seine Arbeit. Auch wenn sie keine Ahnung von Kunst hat, will sie alles darüber wissen. Sie ist stolz auf ihren Sohn. Ich mache gerne Witze über Børres Beziehung zu seiner Mutter und nenne ihn ein Nesthäkchen, aber in Wahrheit beneide ich ihn um die Liebe seiner Mutter.

„Das war meine Mutter", sagt Børre, als ich, eingewickelt in dicken Badehandtüchern, in die Küche komme. Meine Haut ist schon ganz rot und wund, die Hände runzelig vom langen Baden. Er hat blanchierte Venusmuschel auf Kürbispüree gemacht und sie mit einem Schuss Balsamico-Creme garniert.

TOM

01

Es fühlt sich vertraut an, als ich mit Roswitha telefoniere. Den Dialekt, den sie spricht, habe ich lange nicht mehr gehört. In diesem Jargon, mit dem ich groß geworden bin, gibt es nur Begriffe für Negatives, so viele Worte, um Abscheu und Gemeinheiten auszudrücken. „Ich liebe dich", sagt man nicht. Ich habe es nie gehört und nie gesagt. Auch Lob oder Anerkennung drückt man nicht aus. An keine Liebkosung meiner Eltern erinnere ich mich.

Als ich Roswithas Stimme höre, verfalle ich, ohne es zu wollen, wieder in diese Mundart, mit der ich sprechen lernte.

„Ich verstehe das einfach nicht. Vor einem halben Jahr war er noch kerngesund. Er hat gearbeitet und alles war wie immer. Und plötzlich fing das mit den Rückenschmerzen an und wir dachten, das wären die Bandscheiben, bis er dann nicht mehr richtig sehen konnte. Ich kann das einfach nicht verstehen", sagt Roswitha immer wieder.

Ich weiß nichts zu erwidern. Ich habe keinen Trost und wir schweigen eine Weile zusammen.

Ich stelle mir vor, wie sie in ihrem Wohnzimmer sitzt, der Fernseher läuft und ist auf lautlos gestellt. Es ist mollig warm und es riecht nach Kaffee, schaler Luft und Einsamkeit.

Nachdem sie sich von Toms Vater hat scheiden lassen, wollte sie nie wieder etwas mit Männern zu tun haben. „Die sind doch alle gleich. Erst versprechen sie einem den Himmel auf Erden und dann kommt nichts." Sie blieb alleine und Tom holte sie nach Hamburg in seine Nähe, damit er sich besser um sie kümmern konnte. Ihre Rente ist so gering, dass sie nicht davon leben kann und Tom gibt ihr jeden Monat etwas dazu.

Er hatte immer versprochen, wenn er erwachsen, berühmt und reich sei, würde er seiner Mutter alles zurück geben, was sie ihm in seiner Kindheit gab. Er wollte dafür sorgen, dass sie sich im Alter nicht mehr krumm machen müsse für andere und tun könnte, was sie wolle.

„Tut mir leid", unterbricht sie unser Schweigen. „Ich bin mit den Nerven runter. Ich habe die ganze Nacht kein Auge zugemacht." Ihre Stimme ist wieder klar. „Es war die Hölle los da draußen und ein Krawall bis spät in die Nacht." Roswithas Kiez ist gentrifiziert, aber sie habe alles, was sie brauche, sagt sie und beschwere sich nicht. Dass alteingesessene Läden verschwinden und die Mieten so hoch steigen, dass mittlerweile die Bewohner des Viertels komplett ausgewechselt worden sind, bemerkt sie, findet aber, es sei sauberer und sie könne sich sicherer fühlen. Arme gibt es wie eh und je, die vor ihrer Haustür mit den Hunden auf dem Gehweg kauern, vor sich einen McDonald's-Becher, in den Roswitha etwas Kleingeld wirft. Dem obdachlosen Mann, der unter der Brücke, keine hundert Meter von ihrem Haus entfernt, seinen Schlafplatz hat, bringt sie eine heiße Suppe in einer Tupperdose und dicke Strümpfe. Ihr tun die Tiere besonders leid, sagt sie. „Die können ja gar nichts dafür, die armen Viecher".

Für Tiere hatte Roswitha immer viel übrig. Meine Mutter ekelte sich vor Tieren, aß aber jeden Tag Fleisch und Wurst. Tot ging schon. In den Nachbarschaftshaushalten war es ähnlich. Niemand hatte Haustiere, außer vielleicht einen Kanarienvogel oder Wellensittich, um den kümmerten sich die Männer und stellten ihn tagsüber ans Fenster, damit er singt. Dass ein Mensch ein Tier lieben konnte, war für meine Mutter undenkbar. Selbst mein Vater zeigte mehr Herz und setzte durch, die zugelaufene Katze, die eines Tages halb verhungert vor unserer Haustür lag, aufzunehmen und durchzufüttern. Wir Kinder freuten uns trotz der Sorge um unseren Kanarienvogel. Der singt so schön, sagte mein Vater, die Pflege mussten aber wir Kinder übernehmen.

Unsere Mutter weigerte sich, „dem Vieh" den Napf zu füllen und regte sich auf, wenn die Katze an den Polstermöbeln die Krallen wetzte. In wenigen Wochen war die Garnitur verschlissen und der Kanarienvogel lag zerfetzt auf dem Küchenboden neben dem Käfig.

Bald darauf fanden wir die Katze tot im Keller. Mit gekrümmtem Körper, das Maul weit geöffnet, so dass man die rosa Zunge und die spitzen Zähne sah, lag sie in einem Wäschekorb unter dreckigen Lappen.

„Vermutlich hat sie Gift gefressen", sagte mein Vater.

„Rattengift von den Nachbarn", sagte meine Mutter, nahm den Kadaver und warf ihn in die Tonne.

Ein neues Tier wurde nie wieder angeschafft.

02

Roswitha und ich verabreden uns in Hamburg.
Ich komme zum vereinbarten Zeitpunkt zum
Karstadt in der Mönckebergstraße. Roswitha
sitzt schon auf einer Bank an der Bushaltestelle
und wartet auf mich. Sie hat sich schön gemacht,
trägt eine weiche Bluse aus Velourstoff, die mit
sommerlichen Blumen in Pastellfarben bedruckt
ist, dazu eine Stoffhose aus Jersey in der Farbe
von Herbstzeitlosen. Sie ist ein bisschen dünner
geworden, ihr Gesicht blass und rund. Wäre sie
mir zufällig auf der Straße begegnet, hätte ich sie
nicht wieder erkannt.

„Hallo Roswitha, wie schön dich zu sehen!",
sage ich und öffne meine Arme. Ein dezenter
Moschusduft steigt mir in die Nase, als Roswitha
etwas unbeholfen meine Umarmung erwidert.
Für einen Augenblick ist es, als sei ich wieder
zurück, irgendwo in meiner Jugend. Doch bevor
ich dieser Erinnerung auf die Spur kommen kann,
haben sich unsere Körper wieder entzweit und
alles ist verflogen.

„Wie war deine Reise?", fragt mich Roswitha
schüchtern mit einem hellen Lächeln.

„Danke, ganz gut. Es ist ja gar nicht weit", antworte ich, nur um etwas zu sagen, und lasse meine Tasche neben mir auf den Boden fallen. Unsicher sehen wir uns an und sehen gleich wieder weg als sich unsere Blicke treffen.

„Na dann. Sollen wir losgehen? Wir können zu Karstadt. Die haben gutes Essen", sagt sie und marschiert los.

Wir fahren die Rolltreppen hoch, laufen durch die Abteilung für Damenoberbekleidung, passieren meterweise Auslagen mit heruntergesetzten Büstenhaltern, Nachthemden und Unterwäsche in Übergrößen.

„Weißt du, wo das Restaurant ist, Roswitha?", frage ich vorsichtig, als ich den Eindruck bekomme, sie habe die Orientierung verloren.

„Ja, ja, ich gehe öfter hierher. Das Essen ist nicht teuer", sagt sie bestimmt und schon sehen wir das Restaurant am Ende des Gangs. Es riecht nach Kantinenessen und abgestandenem Bohnenkaffee. Roswitha drückt mir ein Tablett in die Hände und sagt:

„Ich nehme den Spargel, der ist gut."

„Oh, gibt es jetzt schon frischen Spargel?" Ich sehe auf die Speisekarte über der Theke, auf der mit unleserlicher Schreibschrift das

Tagesangebot geschrieben steht.

Seit meiner Kindheit liebe ich Spargel. Weil er teuer war, gab es ihn selten bei uns.

„Ja, das wird jedes Jahr früher", antwortet Roswitha und zieht mich zur Essensausgabe.

Ohne mich zu fragen ist sie schon dabei, mir eine Portion Spargel mit Kartoffeln auf mein Tablett zu stellen. Auf dem Weg zur Kasse bedienen wir uns am Getränkeautomaten, der Cola und eine trübe Apfelsaftschorle ausspuckt. Roswitha besteht darauf, das Essen zu bezahlen und so setzen wir uns einander gegenüber und essen den Spargel aus der Region mit Sauce Hollandaise.

Wir sprechen wenig, Roswitha lässt die Hälfte der Kartoffeln auf dem Teller liegen.

„Sollen wir noch einen Kaffee trinken?", schlage ich vor.

Roswitha mag süße Sachen und Kuchen und wenn es nach ihr ginge und ihr Blutzuckerspiegel es erlaubte, könnte sie sich ausschließlich von Torten und Gebäck ernähren.

„Ich nehme das, was du nimmst."

Sie kramt in ihrer Tasche nach dem Portemonnaie.

„Das geht jetzt auf mich", sage ich und gehe zur Kaffee- und Kuchentheke.

Ich entscheide mich für den Bienenstich, den mochte sie gerne, erinnere ich mich. Wieder am Tisch angekommen, stelle ich das Tablett zwischen uns und schiebe den Geldschein, den sie auf meine Seite gelegt hat, zu ihr zurück. Sie steckt ihn mit einem Schulterzucken wieder in ihre Geldbörse und nimmt hastig den Kuchenteller und fängt an zu essen, bevor ich den frischen Kaffee vom Tablett genommen habe.

„Du magst Bienenstich, stimmt's?"

„Ja, stimmt, früher hab' ich den gern gegessen", sagt sie ohne eine Miene zu verziehen.
Wir essen den Kuchen und trinken den lauwarmen Kaffee. Als Roswitha die Hälfte aufgegessen hat, legt sie die Kuchengabel beiseite und sieht mich an.

„Ich habe gestern mit der Ärztin gesprochen."
Sofort höre ich auf zu essen und lege die Gabel ebenfalls sachte auf den Unterteller neben den Sahnehaufen. Ich weiß, dass Roswitha seit Tagen versucht, mit der zuständigen Ärztin zu sprechen, aber sie wird ständig vertröstet. Ein Nusssplitter bleibt mir in der Luftröhre stecken und ich unterdrücke ein Husten.

„Sie hatten Probleme, die HIV-Medikamente zu bekommen. Jetzt ist das aber geklärt. Das sind richtige Klopper! Ich muss die zerbröseln und in den Saft mischen, damit er die überhaupt runter kriegt."

Sie schiebt den Teller beiseite und sucht nach einem Taschentuch in ihrer vollgestopften Handtasche.

„Hast du Tempos dabei? Ich kann meine in diesem Wirrwarr nicht finden."

Eine Träne tropft auf ihre Brust und lässt die blaue Blume auf ihrer Bluse leuchten wie einen Stern. Sie nimmt die Serviette, die ich ihr reiche, schnäuzt sich die Nase und steckt sie in ihren Blusenärmel.

„Ich wusste nicht, dass du über Toms HIV-Infektion Bescheid weißt."

Tom hatte seiner Mutter, als er positiv getestet wurde, nichts gesagt, was mindestens, so rechne ich es eben nach, über zwanzig Jahre her sein muss.

„Er hat es mir kürzlich gesagt."

Sie klingt stolz. Zwischen ihr und Tom gibt es keine Geheimnisse, will sie mir sagen. Alles würde sie für ihn tun, immer zu ihm stehen.

Ich erinnere mich, als Tom und ich beim Klauen erwischt wurden. Als Tom zur Strafe zu zwei Monaten Sozialarbeit verurteilt wurde, ging Roswitha den Richter an und meinte, dass sein Urteil völlig übertrieben sei.

Mein Vater dagegen schlug mir mit der Faust auf die Brust und nannte mich verkommen. Ich wollte nicht mehr nach Hause und ohne viel Aufhebens nahm mich Roswitha in ihre Familie auf. „Auf einen mehr oder weniger kommt es auch nicht an", sagte sie und ich blieb bis nach meinem Abitur zusammen mit Tom in dem kleinen Häuschen hinter dem Garten wohnen, wo wir zwei winzige Zimmer für uns einrichteten.

„Die Ärztin meint, dass sich die HIV-Medikamente mit der Therapie, die er gerade macht, vielleicht nicht vertragen. Aber er muss sie unbedingt nehmen."

Sorgfältig stapelt Roswitha die Untertasse auf den Kuchenteller, legt Gabel und Kaffeelöffel auf den Tellerrand und blickt sich um.

Im Restaurant sind nur alte Leute. Größtenteils Frauen, die alleine an großen Tischen sitzen und braunes Mittagessen essen. Sie sehen aus, als hätten sie sich extra hübsch gemacht für den Besuch im Kaufhausrestaurant mit ihren altmodischen Hüten, die sie auch beim Essen nicht abnehmen. Es hat etwas Rührendes, wie sie die gefalteten Hände in den Schoß legen, den Seidenschal sorgfältig um Hals und Brust gelegt.

Ich will das Thema wechseln und suche nach einem unverfänglicheren Gesprächsstoff. Mir fällt die BZ-Schlagzeile wieder ein, die ich heute in der U-Bahn auf dem Monitor las.

„Hast du von Whitney Houston gehört? Die wurde tot in der Badewanne gefunden."
Roswitha geht sofort darauf ein.

„Ja, das habe ich heute im Radio gehört. Die war doch noch so jung! Tom mochte sie so gerne."

„Hast du gewusst, dass sie lesbisch war?"
Roswitha sieht mich mit großen Augen an.

„Die hat doch ein Kind gehabt, oder? War die nicht mit dem Sänger zusammen...? Ich komm jetzt nicht drauf, wie der heißt."

„Bobby Brown. Ein ziemliches Arschloch. Er soll sie geschlagen haben."
Roswitha schüttelt angewidert den Kopf und drückt ihre Handtasche fester an ihre Brust.

„Wie furchtbar."

„Die meisten wussten nicht, dass sie lesbisch war. Das wurde immer irgendwie vertuscht", rede ich weiter, ich bin froh ein Thema gefunden zu haben, das sich nicht um Toms Krankheit dreht.

Roswitha sieht auf ihre rissigen Fingernägel und sagt nichts. Mir fällt diese unglaubliche Geschichte wieder ein.

„Børre hat mir mal von einem Freund erzählt, dessen Vater alle VHS-Kassetten, die er von

Rock Hudson besaß, im Garten verbrannt hat, als er erfuhr, dass Hudson schwul ist. Stell dir das mal vor! Ich kann das nicht fassen", rege ich mich auf und nehme den letzten Schluck Kaffee, der kalt und bitter schmeckt. "Wie kann man nicht kapieren, dass Rock Hudson schwul war? Und selbst wenn, wie krass ist das denn, so darauf zu reagieren?", frage ich Roswitha, die immer noch nichts sagt.

"Ich hab auch lange nicht gewusst, dass Tom schwul ist. Er ist halt anders", sagt sie ganz ruhig. "Mir ist das egal. Und was die Leute sagen, ist mir erst recht egal."

Ich nicke ihr zu und muss daran denken, wie Tom früher rumgelaufen ist in seiner extravaganten Kleidung, mit den gefärbten Haaren und den lackierten Fingernägeln. Als die Dauerwelle in Mode kam, war er der Erste, der sich die Haare auf dünne Rollenwickler drehte und sie in hochprozentigem Wasserstoffperoxid tränkte, bis die Kopfhaut brannte. Mit seiner Lockenfrisur ging er am nächsten Tag an der feixenden Jungs-Clique vorbei als sei nichts. Ich bewunderte seine Selbstsicherheit und dass er nichts drauf gab, was andere über ihn sagten.

Mir gefielen seine Locken und ich ließ mir bei einem Friseur in Mannheim für viel Geld eine

Pyramiden Dauerwelle machen. Ich sah schrecklich aus, aber Tom sagte, es würde sich bald heraus wachsen. Wochenlang lief ich mit Spangen in den Haaren herum und schämte mich, auf die Straße zu gehen.

Roswitha kratzt mit der Kuchengabel auf dem Tellerrand.

„Der Krebs ist unheilbar", sagt sie plötzlich. „Er wird nicht mehr gesund werden."

Zuerst kapiere ich nicht, was sie da sagt, aber als ich Roswitha ansehe, wird mir ganz langsam die Bedeutung ihrer Worte klar.

„Unheilbar?", wiederhole ich und wage nicht, ihr in die Augen zu sehen. „Aber er kann doch bestimmt eine Chemotherapie machen."

„Ja, das könnte er. Aber er will nicht", antwortet Roswitha und klingt müde.

„Wie, er will nicht?"

Für einen Augenblick schöpfe ich Hoffnung. Tom wird sich umentscheiden. Er kann jetzt nicht aufgeben und mich mit allem alleine lassen.

„Das ist jetzt deren Meinung. Ich würde mich nicht darauf verlassen, was die sagen. Er kann sich eine Zweitmeinung einholen von einem anderen Arzt und dann entscheiden, was er machen will", referiere ich und komme mir erbärmlich vor.

Von Roswitha kommt kein Laut. Sie schaut im

Restaurant herum und bewegt ihren Kopf wie ein kleiner verletzter Vogel. Ich sehe zu der alten Frau am Nebentisch, die seelenruhig ihre Torte zerteilt. Ich wünsche mir, ich könnte sie sein. Eine alte Frau, die alles hinter sich hat, die nichts mehr schreckt.

„Und was jetzt?", fragt Roswitha und ich zucke zusammen.

„Wenn Tom keine Therapie machen will, wird er aus dem Krankenhaus entlassen", antworte ich.

Jetzt kann sich Roswitha nicht mehr halten. Noch nie habe ich sie so sehr weinen sehen und das erschüttert mich.

„Wo soll er denn jetzt hin?", fragt sie mich mit zitternder Stimme und schnäuzt kräftig in die Serviette als sie sich wieder ein wenig gefangen hat.

Ich presse die Lippen zusammen und verschränke meine Arme vor der Brust. Aus den Erfahrungen mit meiner Mutter, die schwer krank war und immer wieder aus Krankenhäusern ein- und ausgewiesen wurde, weiß ich, wie schnell und rücksichtslos Entlassungen in Hospitälern angeordnet werden.

„Wo soll er denn hin?", höre ich Roswitha wieder fragen.

„Er muss in ein Hospiz", platzt es aus mir heraus. Das Wort Hospiz spreche ich schnell aus, um den Schrecken zu vertuschen, den dieses Wort in mir auslöst. „Ich kenne eins. Das ist gar nicht weit von hier, die betreuen hauptsächlich HIV-Infizierte. Über die habe ich viel Gutes gehört. Ich kann mir vorstellen, dass es Tom da gefallen wird", rede ich und merke, wie blöd das klingt. Wie kann es einem im Hospiz gefallen? Ich schäme mich und werde still.

„Du musst mit ihm reden, Alex."
Roswitha sagt das ganz sachlich und ich bin erstaunt über ihre Resolutheit. Sie schiebt ihren Stuhl näher an den Tisch und wischt sich den Mund mit der Serviette ab, die sie aus dem Blusenärmel zupft.

„Du musst ihm das erklären. Ich kann ihn unmöglich zu mir nach Hause nehmen. Das schaffe ich einfach nicht", sagt sie. „Sorg' dafür, dass er dahin geht, in dieses Hospiz, hörst du? Er muss das einsehen. Du kannst doch mit ihm reden. Auf dich hört er. Du kannst ihm das sagen."

Ich höre zu und komme nicht auf die Idee, ihr diesen Wunsch abzuschlagen.

„Ist gut, ich mache das. Ich werde es ihm sagen", verspreche ich und greife nach ihrer rauhen Hand. Selbst wenn sie die Willensstärke hätte, würde sie es körperlich nicht schaffen. „Ich sag es ihm", wiederhole ich und Roswitha wirkt erleichtert. Fast froh.

Dann sitzen wir noch eine Weile da und starren auf das verschmutzte Geschirr vor uns auf dem Tisch, bis Roswitha nach Hause will.

Als wir wieder an der Bushaltestelle stehen, regnet es in Strömen. Fußgänger mit riesigen Regenschirmen hasten an uns vorbei, Autos fahren durch tiefe Pfützen und spritzen das dreckige Regenwasser auf den Asphalt. Roswitha, in ihrer dünnen Bluse, steht unter dem Dach der Bushaltestelle und starrt auf die H&M-Werbung, die im Leuchtkasten hängt. Eine junge Frau im knappen Bikini mit Palmenmuster kniet vor einem lichtblauen Hintergrund. Ihre Haut ist goldbraun, die langen dunklen Haare kleben über ihren runden Schultern. Mit halbgeöffnetem Mund sieht sie aus dem Bild heraus, als hauche sie uns ein Geheimnis zu. Ihre makellosen Zähne blitzen wie weiße Sterne. Zwischen ihren prallen Brüsten reflektieren unsere Gesichter im Glas.

„Der Bus fährt alle zehn Minuten. Du musst hier nicht warten, es ist ja so kalt", sagt Roswitha.

„Ach, ich hab´s nicht eilig", antworte ich und

zerre mein Handy aus meiner Hosentasche, um nachzusehen, wie spät es ist.

Roswitha wischt die Bank, die mit schwarzem Edding vollgekritzelt ist, mit der bloßen Hand sauber und setzt sich unter den Fahrauskunftsplan. Jemand hat mit einem Feuerzeug das Plastik der Schutzfolie angekohlt und mit Farbe über den Plan geschmiert, so dass man die Abfahrtzeiten nicht mehr entziffern kann. Wir bemerken das beide und sagen nichts.

Zögernd umarmen wir uns, als der Bus kommt. Sie steigt ein und sieht nicht, dass ich ihr winke, solange bis der Bus um die Ecke fährt und verschwindet.

03

Das Krankenhaus liegt am Rande der Stadt und
ich erreiche es mit einem Bus, der alle zwan-
zig Minuten fährt. Nach einer halben Stunde
Warten, dreimal Umsteigen und einer vollen
Stunde Fahrt, sehe ich endlich das Gebäude. Ein
Brutalismus-Bauwerk wie aus einem Science-
Fiction-Comic. Die trüben Fenster sind ver-
gittert und sehen aus wie Gucklöcher, hinter
denen sich nichts als Dunkelheit verbirgt. Die
Betonfassade ist durch den Regen schwarz
geworden und gibt dem Hospital den letzten
Schliff Trostlosigkeit.

Am Eingang stehen ein paar Männer herum.
Patienten mit fahlen Gesichtern, die den Rauch
ihrer Zigaretten in kranke Lungen ziehen. Ihre
dünnen Knöchel sind entblößt und leuchten,
wund und fleckig, unter der Pyjamahose hervor.
Die Füße stecken in abgewetzten Pantoffeln, die
an den Fersen offen sind. Ein alter Mann im Rollstuhl trägt einen Verband um den kahlen Schädel,
er hustet und spuckt gelben Schleim in eine Tüte,
die auf seinem Schoß bereit liegt. Zwei Männer
neben ihm tun, als sei nichts. Zehn Meter vom

Eingang entfernt ist die Raucherecke mit den riesigen Ascheeimern und ohne Dach. Da steht niemand, weil es dort kalt und feucht ist und von allen Seiten zieht.

Als ich die Eingangstür aufstoße, kommt mir ein kräftiger Geruch entgegen. Krankenhausgestank, denke ich. So riechen Trauer und Tod. Ich blicke auf die Anzeigetafel im Foyer und versuche, mich zu orientieren. Mir wird schwindelig, als ich die Namen der vielen Fachabteilungen lese, die alle abstrakt und unheilvoll klingen. Ich muss in den siebten Stock und folge den Wegweisern zum Fahrstuhl. Oben angelangt, gehe ich durch fensterlose Gänge mit glänzendem Linoleum-Boden, der unter meinen Schuhen quietscht, bis ich an der Station für Onkologie ankomme. Diese Tür lässt sich nur durch einen Schalter öffnen, der unscheinbar an der weißen Wand an-gebracht ist. Eine Krankenschwester drückt ihn im Vorbeigehen, als sie mich hilflos davor stehen sieht. Mit Schwung springt die Tür auf. Jetzt sind es nur noch ein paar Meter bis zu dem Zimmer, in dem Tom seit zwei Wochen liegt.

Im Raum ist es hell, der Ausblick durch die Fenster pechschwarz, sodass sich das Zimmer wie eine Fata Morgana im Glas reflektiert. Tom erkennt mich erst, als ich nahe an seinem Bett vor ihm stehe. Sein rechtes Auge ist mit einer schwarzen Klappe bedeckt, wie bei einem Piraten im Kinderbuch. Sein Gesicht ist gelblich und schmal.

„Hallo Tom, wie geht's dir?", sage ich mit einer dünnen Stimme, nehme seine Hand in die meine und beuge mich zu ihm, um ihn zu umarmen.
Als ich seine Schultern berühre, spüre ich nur Knochen.

„Du riechst gut, so wie früher", röchelt er.
Sein linkes Auge öffnet sich langsam und schaut mich ausdruckslos an. Ich bin gerührt und fassungslos, ihn so wiederzusehen.

„Was ist denn mit deinem Auge passiert?"
Die Pupille, klein wie ein Stecknadelkopf, bleibt starr. Als ich genauer hinsehe, bemerke ich, dass das Weiß der Augenhaut ganz trübe ist und sich gelblich verfärbt hat. Geplatzte Äderchen ziehen sich wie Irrwege in roter Farbe um die Iris, die grün und hoffnungsvoll auf mich gerichtet ist.
Tom murmelt etwas Unverständliches, das wie „schön, dass du da bist" klingt.
Sein Gesichts-ausdruck bleibt reglos, bis auf den Mund, der sich spitzt und öffnet und wieder schließt.

„Ich wollte eigentlich schon gestern kommen, aber Roswitha meinte, du bräuchtest Ruhe", sage ich verlegen.

Tom reagiert nicht. Das unbedeckte Auge stiert auf einen Punkt, der sich hinter meinem Kopf zu befinden scheint.

„Wie geht's dir?", frage ich noch einmal und versuche, so normal wie möglich zu klingen und ihn nicht merken zu lassen, wie mich sein Zustand schockiert. „Gibt es schon etwas Neues von den Ärzten?"

Ohne eine Antwort abzuwarten, drehe ich mich zu dem Herrn gegenüber und frage ihn, ob ich mir seinen Stuhl ausleihen darf.

„Aber natürlich, junge Frau, bitte sehr. Bei mir kommt sowieso keiner. Feierabend, Schicht im Schacht!", lacht er, und obwohl ich sein Lachen übertrieben finde, muss ich schmunzeln, als ich mich, mit dem schweren Stuhl in den Händen, Tom wieder zuwende und neben ihn ans Bett setze.

Ich will etwas Lustiges über seinen Zimmergenossen sagen, um Tom aufzuheitern, aber da schnaubt er „Idiot" und macht eine abfällige Geste in seine Richtung.

„Ich hoffe, ich komme jetzt nicht ungelegen", mache ich einen weiteren Anlauf. „Ich hätte nicht gedacht, dass es so lange dauert mit dem Bus", sage ich und inspiziere das Zimmer dabei.

Als mein Blick wieder bei Tom landet, schaue ich ihn lange an. Sein Gesicht ist eingefallen und die Haut hängt bleich in tiefen Wangenhöhlen. Die Stirn liegt frei, der Haaransatz läuft in einer dünnen Linie oben am Kopf an der Stirn entlang. Seine Haare haben die Farbe verloren. Aus seiner roten Mähne sind goldgraue Strähnen geworden. Er sieht seinem Vater sehr ähnlich. Seinem Vater, mit dem er nichts gemein haben wollte. Manchmal ist das so, dass man zuerst der Mutter und später dem Vater ähnelt. Oder umgekehrt. Das Aussehen eines Menschen verändert sich mehrere Male im Leben. Ich versuche zu lächeln.

„Soll ich dir helfen?", frage ich, als er sich im Bett aufrichten will.

Vorsichtig fasse ich unter seine Achseln, spüre, wie dürr und spitz seine Knochen sind und schrecke innerlich zurück.

„Gib mir den Griff von da oben", pustet er und schnappt nach dem Triangel-Griff am Bettgalgen über seinem Kopf. Als er den Halter endlich greifen kann, zieht er sich ein paar Zentimeter hoch. Jetzt liegt er schief zur linken Seite und belässt es dabei. Ich tue so, als wäre alles in Ordnung und normal. „Ich muss eingeschlafen sein", sagt er und es klingt wie eine Peinlichkeit. „Dieses Zeug, das die mir hier geben, macht mich saumüde." Sein freies Auge blinzelt und fällt langsam zu wie eine schwere Tür.

„Das macht nichts, Tom. Vielleicht ist Schlaf ganz gut." Zaghaft streiche ich über seine Hand und lege das Laken um seine Füße, damit er gut liegt und nicht friert.

„Ja", sagt er. „Schön ist das, ja."

Als er wieder aufwacht, stöhnt er vor Schmerzen. Um ihn zu beruhigen, rolle ich die Decke hoch und massiere ihm die Beine. Ich erschrecke, als ich seine mageren Waden sehe und muss mich im ersten Moment überwinden, die weiche, kreidene Haut zu berühren.

„Beruhige dich", flüstere ich.
Ich spüre die Hitze seines fiebrigen Körpers.

„Oh, das ist schön. Das kannst du den ganzen Tag machen", keucht er mit geschlossenen Augen und ich bin froh wie ein Kind, ihm etwas Gutes tun zu können.

Mit einem nassen Lappen betupfe ich seine heiße Stirn und befeuchte die rissigen Lippen. Er hat die schönsten Lippen, die ich je bei einem Mann gesehen habe. Weich und geschwungen wie ein großes, rotes Herz.

„Du bist die Beste, weißt du das?", haucht er mit schwacher Stimme und lächelt mich an. Ich sage nichts und reibe so fest ich kann an seinen Beinen, hoch und runter, bis meine Handgelenke schmerzen und die Fingerkuppen weiß und blutleer sind. Sein Gesicht entspannt sich, er lacht und windet sich. Seine Augenklappe ist verrutscht und hängt ihm auf der Wange. Er bemerkt es nicht und ich traue mich nicht, ihm ins Gesicht zu fassen. Die Haut unter der Klappe schimmert teigig und matt.

„Mit dir war es am allerschönsten", stöhnt er und verzieht sein Gesicht wie in Ekstase. Das entblößte Auge blickt mich an, sein Lid zittert wie ein Schmetterling. „Weißt du nicht mehr?" Er spricht wie im Traum.

Röte steigt mir ins Gesicht. Vorsichtig bedecke ich das kranke Auge und streiche ihm durchs dünne Haar. Jahrelang hatte ich nicht mehr daran gedacht und glaubte, dass auch Tom es vergessen hatte. Ich war die einzige Frau, mit der Tom je Sex hatte und ich verliebte mich in ihn nach all den Jahren platonischer Freundschaft.

Endlich ruht er. Sein Atem geht gleichmäßig. Ich halte seinen Kopf und gebe ihm zu trinken. Erschöpft sinkt er in das Kissen, als ich ihn loslasse.

Seine Arme bleiben regungslos auf der Brust liegen. Ich betrachte seine feinen Hände. Sie sind makellos maniküriert, die Fingernägel auf perfekte Länge gekürzt, zart rosa schimmert die halbmondförmige Lunula durch das glatte Nagelbett. Noch nie habe ich Tom mit ungepflegten Händen gesehen. An den Händen erkennt man den Charakter, sagte er, und meine Hände seien so schön wie die von Barbara Streisand.

„Tom, ich muss mit dir reden."
Warum bin ich nicht einfach still, massiere ihm die Beine, kaufe unten im Krankenhauskiosk ein Wassereis für ihn und eins mit Schokolade für mich, setze mich nahe zu ihm ans Bett und plaudere, bis es Zeit ist, zu gehen. Soll Roswitha mit ihm reden. So schnell muss er bestimmt nicht raus, vielleicht überlegt er es sich doch nochmal mit der Chemotherapie.

Er regt sich nicht und starrt mit dem gesunden Auge in mein Gesicht.

„Du wirst morgen aus dem Krankenhaus entlassen."
Immer noch keine Reaktion, aber ich merke, wie seine Muskeln sich anspannen.

„Roswitha schafft das nicht, Tom", rede ich weiter. „Du kannst nicht nach Hause."

Jetzt sieht er weg und hält seinen Blick an die Decke gerichtet.

„In ein Hospiz gehe ich nicht", sagt er nach einer langen Pause, mit fester Stimme und rollt seinen Körper mit letzter Kraft zur Seite.

Minutenlang schaue ich auf seinen Rücken, der sich auf und ab bewegt und mir wird eng ums Herz. Ich spüre seine Angst, als ginge es um mein eigenes Leben. Wie kann ich es wagen, ihm jede Hoffnung zu nehmen?

„Ich bin müde", sagt er dann ganz leise und zieht sich die Decke bis unters Kinn.

Er klingelt nach der Krankenschwester, ohne sich von der kahlen Wand abzuwenden. Stumm bleibe ich am Fußende des Bettes stehen und weiß nicht, was ich tun oder sagen soll.

Es dauert nicht lange, bis die Schwester kommt und ihm eine Dosis Morphin verabreicht.

„Gleich wird es ihm besser gehen", sagt sie zu mir, als wäre er gar nicht da.

Nach wenigen Minuten schläft er wie ein Kind, seine Haare liegen feucht und dünn hinter der Stirn. Mit dem Taschentuch, das ich ihm aus seinen Händen ent-winde, tupfe ich den trock-enen Speichel aus den Mundwinkeln.

Dann verlasse ich ganz leise das Zimmer.

04

Draußen vor dem Krankenhaus steht jetzt kein Mensch mehr. Es regnet und der Himmel senkt sich wie eine dunkle Masse über das leere Gelände. Ich laufe an der Bushaltestelle vorbei. Auf keinen Fall kann ich stehen bleiben und warten bis der Bus kommt. Ich muss mich bewegen, will mit niemandem reden, niemandem in die Augen sehen.

Als ich nach einer Stunde durchnässt am Bahnhofsviertel ankomme, suche ich ein Café. Ich bahne mir den Weg, vorbei an den Drogensüchtigen, die im Durchzug stehen wie gefallene Engel. Hastig passiere ich die stinkenden Urinecken, gehe an Prostituierten und Strichjungen vorbei. Ich finde eine Konditorei, die von außen aussieht als sei sie aus dem letzten Jahrhundert. Drinnen ist es warm wie in einer Backstube und es riecht nach frischen Brötchen, Pflaumen und süßlichem Likör. Der Boden ist mit einem weinroten, dicken Teppichboden ausgelegt, in dem ich fast versinke. Auf den Tischen liegen dunkelrote Cretonne-Tischdecken, darauf gestärkte

Tischläufer, die übereck liegen. Früher wäre ich nie in solch ein Café gegangen, heute schätze ich diese spießige Atmosphäre.

Es ist nicht viel los und ich schiebe mich an einen freien Tisch nahe dem Fenster vor die Gummipflanzen, die aussehen wie echt. Ich bestelle ein Kännchen Kaffee und ein Hefeteilchen. Aus der Küche ist das Klappern von Porzellan zu hören. Schlagermusik tönt leise aus dem Radio. „Überall blühen Rosen", ein alter Song, den meine Tante Eva so gern hörte. Mir kommt der Text um Vergänglichkeit und unerfüllte Träume wieder in den Sinn. Warum kenne ich bloß immer alle Texte dieser Schnulzen, die ich in meiner Kindheit hören musste und kann sie nie vergessen?

Der Kaffee, den ich aus einer Tasse mit goldenem Rand trinke, schmeckt gut, das Hefeteilchen ist noch warm und duftet nach Marzipan und gerösteten Haselnüssen.

„Kommst du morgen wieder? Du kommst doch morgen wieder?", höre ich eine dünne Frauenstimme in meinem Rücken.

Ich drehe mich langsam um und sehe ein Paar, vermutlich Mutter und Sohn, einander gegenüber sitzend.

„Aber ich bin doch heute da. Und morgen komme ich nicht", sagt der Sohn und schiebt seiner Mutter kleine Häppchen in den Mund.

Sie schaut ihn mit großen Augen an. Sie essen schweigend ihren Käsekuchen und trinken den Kaffee.

„Kommst du morgen wieder? Du kommst doch morgen wieder?", wiederholt sie, als hätte man einen Film zurück gespult.

„Aber ich bin doch heute da. Und Morgen komme ich nicht."

So geht es ein paarmal hin und her. Um die beiden besser sehen zu können, verrücke ich meinen Stuhl.

Die Frau hat sich hübsch gemacht. Sie trägt einen komischen Hut, der farblich auf ihr altmodisches lila Kostüm abgestimmt ist. Die türkisblauen Ohrringe stechen als Farbtupfer heraus, das Seidenhalstuch, mit zarten rosa Rosen bestickt, ist teuer und exklusiv. Vermutlich ist das ihre Sonntagskleidung, die sie sorgfältig in ihrem Kleiderschrank bewahrt und pflegt. Ihr Sohn sieht genauso alt aus wie seine Mutter, was an seinem konservativen Anzug liegt und seiner schlechten Frisur. Im Gegensatz zu seiner Mutter sieht er nachlässiger aus. Er ist dick und über seinem Hemdkragen hängt ein wulstiger Fettring, der zwei rosarote Falten schlägt.

„Aber du kommst doch morgen wieder, oder?

Kommst du morgen wieder?"

„Aber ich bin doch heute da. Und Morgen komme ich nicht."

Plötzlich ist sie still, schaut ihren Sohn mit großen Augen an, spitzt die Lippen zu einem Schmollmund und sieht aus wie eine alt gewordene Marilyn Monroe. Ihren Kopf hält sie schräg und legt ihr Kinn auf die kleinen, alten Hände und spreizt die Finger. Die Nägel hat sie knallrot lackiert.

Ich muss an den letzten Nachmittag denken, den ich zusammen mit meinem Vater bei meiner Mutter im Krankenzimmer verbrachte.

Ich hatte meiner Mutter Zeitschriften mitgebracht. Sie las gerne Frauenzeitschriften und interessierte sich für die Kochrezepte und die Handarbeitsanleitungen. Selbst lesen konnte sie nicht mehr, aber sie mochte es, wenn ich die Magazine mit ihr durchblätterte und hatte Spaß an den bunten Bildern.

Ich setzte mich zu ihr aufs Bett und überflog die Seiten, auf der Suche nach harmlosem Klatsch.

„Ah, sieh mal da. Hier steht was über Marilyn Monroe."

Ich zeigte auf ein Foto.

„Man hat Tagebücher von Marilyn Monroe gefunden und stellt das Kleid, das sie in ihrem letzten Film getragen hat, in einem Museum aus", las ich vor und hielt ihr die Seite vors Gesicht.

Sie reagierte nicht. „Hier, sieh doch, das ist Marilyn Monroe in dem hübschen Kleid."

Ich tippte ein paarmal mit dem Finger auf die Abbildung, doch sie schaute mich nur entgeistert an.

„Erkennst du sie nicht? Hier schau doch. Die schönste Frau der Welt! Marilyn!", rief ich jetzt, aber sie zeigte keine Reaktion, außer einem Nasenflügel-Aufblähen.

„Die kennt die doch nicht!", kam es von meinem Vater aus der Ecke. Er hatte seinen Stuhl etwas abseits hingerückt, um ein bisschen auszuruhen.

„Wie, die kennt die nicht? Das kann doch nicht sein, dass Mutter Marilyn Monroe nicht kennt", sagte ich.

„Die kennt die nicht", wiederholte er und winkte ab.

Ich war sprachlos. Dann sah ich, wie mein Vater höhnisch lachte.

„Ihr mit eurem neumodischen Kram."

Ich hätte heulen können vor Wut und Enttäuschung. „Wieso kennst du Marilyn Monroe und Mutter nicht?", wollte ich ihn fragen, blieb aber still. Wir blickten in das stumme Gesicht meiner Mutter, die mit den Augen bat, ihr die Schnabeltasse mit dem bitteren Kamillentee zu reichen. Schnell griff ich nach der Tasse und führte sie an ihren Mund. Mein Vater nahm sich die Zeitschrift, blickte auf das Bild von Marilyn und schlug das Heft zu.

Ich habe Børre versprochen, mich am Abend bei ihm zu melden und im Café möchte ich nicht telefonieren. Ich hasse Leute, die in der Öffentlichkeit telefonieren. Bei Roswitha möchte ich auch noch vorbei, um ihr zu berichten, wie es im Krankenhaus war.

Als ich aufstehe und den schweren Stuhl unter den Tisch schiebe, sehe ich direkt zu ihnen rüber. Wie sie so zusammen sitzen, sehen sie aus wie ein vergessenes Liebespaar in einem Ausflugsrestaurant, nicht ahnend, dass der Reisebus die Heimfahrt ohne sie fortgesetzt hat.

Ich gehe an ihnen vorbei, hinaus auf die Straße, ohne dass sie Notiz von mir nehmen.

05

Kaum habe ich den Klingelknopf gedrückt, höre ich den Türsummer und presse die Haustüre auf. Eine schmale, steile Treppe führt zu Roswithas Zweizimmerwohnung. Im Flur ist es stockdunkel. Es riecht nach angebranntem Essen und Marihuana. Das Licht im Treppenhaus geht an, bevor ich den Schalter gefunden habe und als ich oben ankomme, steht Roswitha schon an der Wohnungstür und bittet mich herein.

„Du kannst die Schuhe ruhig anlassen", sagt sie und läuft mir voraus in die Küche.

„Bei uns zu Hause ziehen wir immer die Schuhe aus", rufe ich ihr nach und ziehe mir umständlich dir Stiefel von den Füßen.

Ich höre, wie Roswitha den Schrank öffnet und Geschirr herausholt.

„Hast du was gegessen?", fragt sie, als ich in der Küche stehe und ohne meine Antwort abzuwarten, stellt sie mir einen Teller mit selbstgebackenem Kuchen hin.

„Ich kann dir auch was Warmes machen."

„Danke. Kuchen ist gut. Mach dir keine Umstände."

Ich lasse mir Kaffee einschenken. Im Wohnzimmer nebenan läuft eine Gerichtssendung im Fernsehen. Mein Vater sah diese Shows jeden Nachmittag, als er nicht mehr arbeitete. Er schimpfte über diese Leute, als wären es wirkliche Menschen statt Schauspieler. Fast schämte ich mich über dieses boshafte Menschenbild, das da gezeigt wurde. Frauen betrogen ihre Männer und Männer hintergingen ihre Frauen, alles aus Habgier, Dummheit oder purer Boshaftigkeit. „Das ist nicht die Wirklichkeit", hätte ich ihm gerne zugerufen, „so ist die Welt nicht!". Aber ich brachte kein Wort heraus und versuchte mir den Ekel und die Enttäuschung nicht anmerken zu lassen.

Ob ich mit Tom über das Hospiz habe reden können, will Roswitha wissen. Ich tue so, als sei alles gut gelaufen und versichere ihr, dass Tom den Ernst der Lage verstanden hat.

„Er muss darüber schlafen", sage ich und verschweige ihr Toms ablehnende Haltung.

„Dann bin ich beruhigt." Erleichtert wischt sie sich die Stirn mit ihrem Handrücken.

Wir reden über das Krankenhaus, das laut Roswitha einen guten Ruf hat und oft in der Zeitung steht. Ich stimme ihr zu, obwohl ich einen anderen Eindruck gewonnen habe.

Als ich mich verabschieden will, fällt Roswitha ein, dass sie mir etwas aus Toms Wohnung geben möchte und bittet mich mit ihr eine Etage hoch zu gehen, wo Toms Wohnung liegt.

Der Flur ist vollgestellt mit Plastiktüten. Mit dem Fuß schiebt sie sie beiseite und wir treten ein.

Mir fällt sofort das schwarze IKEA-Regal gleich gegenüber der Eingangstür ins Auge. Es ist auf Hüfthöhe angebracht und ich wundere mich, wozu es benutzt wird. Eine Seite hängt lose von der Wand und droht jeden Augenblick herunter zu fallen. Das Loch, in dem noch ein Dübel steckt, ist ausgefranst. Mörtelstaub liegt auf dem braunen Teppich. Mir scheint, als hinge das Regal schon lange so trostlos im Flur.

Ohne etwas zu sagen, gehen wir ins Wohnzimmer. Ein riesiger LED-Screen dominiert den Raum. Davor steht ein helles Sofa. Eine bunte Wolldecke, voller Katzenhaare, bedeckt die eine Hälfte. Ein Glastisch steht eng zwischen Screen und Sofa. Als ich näher trete, kann ich die feine Staubschicht, Wasserränder von Gläsern und Spuren kleiner Gegenstände auf der Tischplatte erkennen.

In der Ecke am Fenster steht eine Musikanlage. Zwei große Musikboxen und Regale voller

DVDs füllen den Raum aus. Tom besitzt bestimmt 1000 DVDs und Video-Tapes, mehrere Hundert Schallplatten und CDs. Ein Kopfhörer-Set liegt auf dem Fensterbrett, neben einer Schachtel Marlboro, als wäre er gerade noch hier gewesen. Es riecht nach Rauch und Katzenklo. Humphrey und Tiffany, seine beiden Katzen, sitzen auf dem Katzenbaum und miauen. Roswitha streichelt sie, als sie sich um ihre Beine schmiegen.

„Ich kann die nicht bei mir in der Wohnung haben. Die vertragen sich nicht mit meiner Futzi", sagt sie zu mir und nimmt eine der Katzen hoch und drückt sie an sich.

Wir bleiben in der Mitte des Zimmers stehen. Ich schaue aus dem gardinenlosen Fenster und sehe auf einen kahlen Baum.

Ich stelle mir vor, wie die Farben der Blätter im Frühling in das Zimmer funkeln. Als ich mich wieder umdrehe, ist Roswitha aus dem Zimmer verschwunden. Ich höre sie in der Küche, wie sie zu den Katzen spricht und den Fressnapf füllt. Ich gehe zurück in den Flur und werfe einen Blick in das Schlafzimmer. Es ist verdunkelt. Durch den heruntergelassenen Rollladen fällt ein schwacher Lichtstreifen auf einen Kleiderhaufen, der auf der Erde liegt. Daneben steht ein leerer Wäschekorb. Das Zimmer hat etwas Provisorisches und wirkt,

als ob jemand aus- oder gerade einzogen ist.
Bis auf den abgewetzten Teddybären auf dem
Bett wirkt alles kalt und unbewohnt.

Das Bett ist schmal. Es ist das Bett eines Ledigen.
Ich versuche mir vorzustellen, wie man zu zweit
darin Platz hat.
Neben dem Bett steht ein einfacher Nachttisch,
ebenfalls von Ikea. Ich setze mich auf die Bett-
kante und ziehe die Schublade auf. Unter einer
leeren Kleenex Schachtel liegen Magazine mit
muskulösen, haarlosen Männerkörpern auf der
Cover Seite, eine Tube Crème, ein Fläschchen
Poppers und in einem silbernen Döschen, das
aussieht wie ein Souvenir aus Bali, finde ich etwas Marihuana.
Als Roswitha ins Schlafzimmer kommt, stecke
ich das Döschen ein und schiebe die Schublade
schnell wieder zu.

Wir gehen in die Küche. Hellbraunes Linoleum
bedeckt den Fußboden, der an manchen Stellen ab-
getreten und rissig ist. Leere Coca-Cola-Plastik-
flaschen stehen in der Ecke, eine Kaffeemaschine
mit einer Kanne für vier Tassen auf der Küchen-
zeile. Ein roter Klappstuhl lehnt an einem
kleinen, runden Tisch, auf dem ein schwerer

Aschenbecher aus Glas steht. Kalte Asche klebt an den Rändern und in der Bodenwölbung. Eine Blumenvase mit einer vertrockneten Rose steht auf der Fensterbank.

Das Badezimmer ist so klein, dass ich mich kaum darin drehen kann. Auf der Ablage über dem Waschbecken stehen Dutzende Kosmetikartikel, teure Produkte für empfindliche Haut und Shampoos für weiches Haar. Die Lampe über dem Spiegel wirft ein warmes, sanftes Licht in mein Gesicht.

„Wo ist denn bloß das Buch?", höre ich Roswitha und gehe zurück ins Wohnzimmer.

„Ich weiß nur noch, dass es ein englisches Buch ist. Tom möchte, dass ich es ihm ins Krankenhaus mitbringe."

Ich stehe vor dem Bücherregal und sehe die Bildbände durch. Ein Buch über Hollywood-Filme aus den 20er bis 70er Jahren ziehe ich heraus. Ein dicker Schinken mit 4600 Illustrationen, zerblättert, die Seiten vom Nikotin gelb gefärbt. An den Rändern sind Notizen mit blauem Kugelschreiber geschrieben. Die Abbildungen und kurzen Bildbeschreibungen sind mit Häkchen und Sternchen versehen. Ich erkenne Toms Handschrift, die meiner zum Verwechseln ähnelt, ausladende Buchstaben, leicht nach rechts führend. Ich kenne dieses Buch. Daraus hat Tom sich die amerikanische Filmgeschichte angeeignet. Er wollte Schauspieler werden. Das war sein großer Traum. Als wir auf die Oberstufe gingen, spielte er die Hauptrolle in "Leonce und Lena". Wochenlang übte ich mit ihm den Text und kam mit zu den Proben. Auf Karteikarten schrieb er die Filmtitel mit Entstehungsjahr und lernte die Namen der Schauspielerinnen und Schauspieler sowie der Regisseure auswendig und vermerkte sie mit Sternchen, wenn er sie gelernt hatte. Ich hörte ihn ab, so wie man Vokabeln abhört.

Eine DVD-Box mit Fassbinder-Filmen sticht mir ins Auge. Wir haben alle zusammen gesehen. Manche davon sogar mehrere Male. Daneben finde ich die Biografie über Frances Farmer "Will There Really Be A Morning". Auch daran erinnere ich mich. Wir saßen im Auto, nachdem wir den Film mit Jessica Lange im Kino gesehen hatten und weinten zusammen. Der Regen prasselte auf das Dach, die Windschutzscheibe war beschlagen von der Kälte draußen und der Wärme im Inneren.

Ich sehe Tom, wie er auf der Fähre steht, die ihn von London nach Deutschland zurückbringt. Gerade hat er von einer Schauspielschule eine Absage bekommen. Den Brief hält er in der

Hand, er zerreißt ihn in kleine Schnipsel und wirft sie in den Ärmelkanal.

Es hat so sein sollen, erklärt er später zu Hause und es klingt wie Schicksal und nicht wie Scheitern.

„Vielleicht ist es das?"

Ich ziehe das Buch "The unknown Tennesse Williams" heraus und gebe es Roswitha in die Hand.

„Ja, das ist es", sagt sie strahlend.

Sie gibt es mir zurück.

„Nimm du es. Kannst ihm ja daraus was vorlesen, wenn du ihn wieder im Krankenhaus besuchst. Du kannst ja Englisch."

06

Am nächsten Morgen vibriert mein Handy. Zuerst denke ich, dass es meine Schwester Gudrun ist, die ich gestern nach dem Besuch bei Tom versuchte zu erreichen. Ich hatte das Bedürfnis, ihr von Tom zu erzählen. Schließlich war er auch ihr Freund gewesen und lange Zeit bildete er unsere Verbindung. Auf dem Display aber erscheint Toms Name.

Ich solle sofort ins Krankenhaus kommen, sagt er ohne eine Begrüßung und seine Stimme klingt erstaunlich stark. Dann legt er einfach auf, noch bevor ich fragen kann, was los ist.

Ohne zu frühstücken verlasse ich das Hotel. Ich renne los, als ich den Bus sehe, der gerade anfährt. Der Busfahrer, ein mittelalter, dicker Mann mit Glatze und Kaiser-Wilhelm-Bart, sieht mich, als ich an die Fahrertür klopfe, fährt aber einfach los.

Dreckiges Regenwasser spritzt auf meinen beigen Mantel. Ich schimpfe und drehe mir erstmal eine Zigarette.

Selbst bei diesem Sauwetter wagen sich ein paar

hartgesottene Raucher vor die Tür, stehen zitternd im Eingangsbereich und gönnen sich ihr Nikotin. Ich gehe an ihnen vorbei, nicke mit dem Kopf und betrete das graue Foyer. An den Geruch und die kranken Menschen bin ich durch die Krankenhausbesuche bei meiner Mutter gewöhnt. Und doch schaue ich schnell in eine andere Richtung, als ich an einer Frau im Rollstuhl vorbeigehe. Ein leerer Infusionsbeutel hängt an ihrem dünnen Arm. Ganz eingefallen sitzt sie da und wartet auf den Lift, ein abgescheuertes Stofftier fest in ihren Händen haltend. Wie ein schlechtes Omen prägt sich mir dieses Bild ein.

Als ich Toms Krankenzimmer betrete, sitzt Roswitha neben seinem Bett. Zugedeckt bis zum Hals liegt er unter der Decke, das Gesicht weiß wie das Bettlaken, das sich straff um seinen mageren Körper legt. Das Licht ist gedämpft oder es kommt mir nur so vor, weil ich kaum weiter als bis zu Toms Krankenbett sehen kann, der Rest des Zimmers verschwindet im Dämmerlicht.
Auf die sakrale Stimmung bin ich nicht vorbereitet. Ich hatte eine ganz andere Situation erwartet, aber was es war, was ich erwartet hatte, ist mir in dem Moment entfallen, als ich das Zimmer betrat.

„Da bist du ja."

Roswitha steht von ihrem Stuhl auf und schiebt ihn mir hin.

„Setz dich", sagt sie, ohne mich anzusehen. Sie holt einen zweiten Stuhl und rückt ganz nah zu Tom. Das Bett, in dem der lustige Mann lag, ist leer. Entweder er wurde entlassen oder er ist tot, denke ich und würde gerne Tom fragen, was mit dem Mann passiert ist, aber ich tue es nicht. Tom versucht sich aufzurichten und ich sage „Hallo" mit leiser Stimme. Flüchtig erwidert er meinen Gruß und schiebt sich in eine halbwegs sitzende Haltung. Seine dünnen weißen Arme klammern sich ans Gitter, das die Krankenschwester angebracht hat, um zu verhindern, dass er nochmal aus dem Bett fällt. Beim ersten Sturz vor zwei Tagen brach er sich die Hüfte.

„Sag's ihr, Mama", zischt er mit schwacher Stimme und sieht kurz zu mir.

„Also", beginnt Roswitha, „ich habe mit der Ärztin gesprochen und Tom kommt mit zu mir nach Hause."

Nervös schiebt sie sich auf ihrem Stuhl hin und her und meidet meinen Blick. „Wir schaffen das doch, nicht wahr?", sagt sie dann und greift seine Hand.

Tom bleibt steif in seiner unbequemen Haltung

liegen. Er sieht müde und erleichtert aus. Langsam lässt er sich ins Kissen sinken und sieht zur Tür, als erwarte er jemanden.

Wie gelähmt bleibe ich auf meinem Stuhl kleben. Meine Beine sind schwer wie Blei. Ich will Roswitha auffordern, ihm zu sagen, dass es ihr Wunsch ist, dass Tom in ein Hospiz geht und sie mich bat ihm das zu sagen. Doch als ich sehe, wie sie Toms Hand festhält, kann ich es nicht.

Ein paar Minuten bleibe ich noch sitzen und schaue auf meine Füße wie ein beschämtes Kind. Niemand sagt etwas. Stur richtet Tom seinen Blick an mir vorbei, verschränkt die Arme über der Brust und schließt mit einem schweren Seufzer die Augen. Roswitha sitzt auf der Stuhlkante, die Knie eng zusammengepresst und umklammert die Henkel ihrer Tasche, die in ihrem Schoß liegt.

„Ich gehe dann", sage ich zaghaft, stehe auf, sehe erst zu Tom und dann zu Roswitha, aber Tom bleibt reglos liegen, so als ob er schläft.

Roswitha nickt mir zu, ein vorsichtiges Lächeln. Tom sehe ich nie wieder.

FREUNDE

01

Niemand ist da, die Tür ist abgeschlossen, die Wohnung dunkel und still, als ich nach einer kurzen Zugfahrt nach Hause komme. Erleichtert, nicht gleich reden zu müssen, ziehe ich mich bis auf die Unterwäsche aus, lege mich auf das ungemachte Bett und schlafe sofort ein. Als ich die Augen wieder öffne, steht Børre vor mir und sieht mich besorgt an.

„Bist du krank?"

Mein Rücken ist steif und schmerzt. Das Häkelmuster der Patchwork Tagesdecke zeichnet sich auf meinem Gesicht ab, ich kann es spüren, als ich mit der Hand über meine Wange fahre.

„Ich war so erschöpft", sage ich verlegen und wische mir einen Speichelfaden aus dem Gesicht. Børre schüttelt den Kopf und lächelt mich an.

„Und wie war`s? Wie geht es Tom?", fragt er und hängt meine Kleider, die ich achtlos auf den Fußboden geworfen habe, ordentlich über die Stuhllehne.

„Es geht ihm nicht gut." Ein dicker Kloß steckt mir im Hals.

„Was ist denn passiert?" Mit der Wäsche im

Arm lässt er sich neben mich aufs Bett fallen und sieht mich ernst an. „Los, sag schon. War es so schlimm?"

„Ach, es war furchtbar." Ich hole tief Luft und richte mich im Bett auf. Børre reicht mir die Bettwurst und ich schiebe sie mir unter den schmerzenden Rücken. „Tom muss in ein Hospiz und Roswitha hat es so hingestellt, als wäre das meine Idee, dabei wollte sie, dass ich ihm das sage."

„Halt mal. Der Reihe nach. Ich verstehe gar nichts." Ich erkläre ihm alles ganz genau und Børre hört mir geduldig zu.

Gleich nach dem Abendessen gehe ich zurück ins Bett. Er bleibe noch etwas länger auf, sagt er, und streicht mir zärtlich übers Haar, räumt den Tisch ab und setzt sich ins Wohnzimmer, um eine Zombie-Serie auf Netflix zu sehen.

Die Stimmen der Nachbarn mischen sich mit den Geräuschen aus dem Fernseher nebenan. Auch wenn wir schon seit zehn Jahren hier leben, weiß ich nicht, welche Sprache die Familie unter uns spricht und verstehe kein einziges Wort. Ob sie sich streiten oder lieben, kann ich nicht entscheiden und schlafe endlich ein.

Ab und zu höre ich Børre lachen, wenn er sich über die Untoten amüsiert.

02

„Es wird dir gut tun unter Leuten", sagt Børre. Seit Tagen gehe ich kaum raus, liege die meiste Zeit auf dem Sofa, schlafe oder sehe mir belanglose Fernsehserien an. Ich fühle mich hässlich und würde gerne zuhause bleiben, aber Dagmar habe ich schon zugesagt, dass wir kommen und Børre hasst es, Pläne umzuwerfen.

Also zwänge ich mich in das enge, schwarze Kleid, das mir so gut steht und das ich für nur zwanzig Euro auf dem Flohmarkt gekauft habe und weiß schon jetzt, dass ich es bereuen werde und Muskelkater bekomme vom Baucheinziehen den ganzen Abend.

Die Katze von Dagmars neuer Freundin Liv hat sich die Hüfte gebrochen, und um der Katze eine Operation zu ermöglichen, veranstalten die beiden ein Charity-Abendessen. Livs Katze, eins von diesen exotischen Rasseviehchern, das um die 700 Euro kostet, ist ein arrogantes Biest, das mir mal die Hand zerbissen hat. Da Dagmar und Liv ein orthodoxes lesbisches Paar sind, frage ich, ob es okay wäre, Børre mitzubringen.

„Natürlich", schreibt Dagmar, „das würde uns freuen", und klebt ein Smiley mit Herzaugen an die Message.

Selbstverständlich hat Børre recht, es ist dekadent, eine Katze operieren zu lassen, wenn anderswo Kinder nichts zu essen haben, aber wir gehen trotzdem gemeinsam hin, „schließlich sind es deine Freundinnen", sagt Børre versöhnlich.

Als wir ankommen, hängt ein süßer Zirbenholz-Geruch in der Luft und REM-Schlaf-Musik spielt im Hintergrund. Als wir den Raum betreten, wird es schlagartig still. Dagmar kommt angerannt und begrüßt mich überschwänglich, ohne Børre zu beachten.

„Wie schön, dass du gekommen bist" , sagt sie, nimmt Børre die Blumen aus der Hand und weist uns einen Platz zu. Wir setzen uns zu den Frauen, die ihre Gespräche wieder aufnehmen und uns nicht beachten.

„Ich geh uns mal was zu essen holen." Børre nickt erleichtert.

Das Buffet sieht herrlich aus. Alles Bio und vegan. Jede hat etwas selbst gebacken, eingelegt, püriert und garniert wie bei einem Wettbewerb. Ich packe zwei Teller voll, greife in den Brotkorb und nehme glutenfreie Brötchen mit. Am Tisch wartet Børre, er hat sich keinen Millimeter bewegt.

„Sieht prima aus", versuche ich die Stimmung zu heben.

Børre nimmt mir die Teller aus der Hand, wir schaufeln das Essen in uns hinein und trinken die selbstgemachte Apfelsaft, ohne etwas zu sagen. Als ich mir einen trockenen Brownie in den Mund schiebe und ihn mit einem kräftigen Schluck Lupinenkaffee hinunterspüle, schaut Liv zu uns.

„Hallo", ruft sie durch das Zimmer und saust auf mich zu. „Wie schön, dass du gekommen bist". Stürmisch küsst sie mich auf beide Wangen. Auch sie scheint Børre nicht zu sehen.

„Tolles Buffet, nicht wahr?" fragt sie rein rhetorisch, blickt nervös in alle Richtungen und schiebt mir lächelnd eine Dose vor die Brust. "Help Me" ist mit großen, roten Buchstaben auf die Büchse geschrieben, daneben klebt ein Foto von Livs Katze. Abwartend schaut sie über mich hinweg in die Frauenrunde am anderen Ende des Raums.

„Hast du Kleingeld dabei?", flüstere ich Børre zu. Er drückt mir einen Fünfzig-Euro-Schein in die Hand. „Hast du's nicht kleiner?", sage ich, aber Børre klimpert nur mit den Wimpern. Demonstrativ drücke ich den Schein in den Schlitz.

„Dankeschön", flötet Liv, die genau registriert hat, wieviel ich gegeben habe, schwingt sich wie eine Tänzerin zum Buffet und stellt die Sammelbüchse neben dem Low-Carb-Cheesecake-Trifle-Auflauf ab.

„Willst du noch was essen? Ich kann dir was holen." Børre schüttelt den Kopf und trinkt tapfer seinen kalt gewordenen Lupinenkaffee. Sein ausdrucksloses Gesicht und seine hängenden Mundwinkel verraten mir, dass seine Laune in Richtung Nullpunkt abfällt. „Nur noch ein Weilchen, so früh können wir noch nicht gehen", sage ich mit meinen Augen und tätschele seine Hand.

Ich versuche, mich in die Unterhaltung meiner Nachbarinnen einzuschalten. Ich drehe mich zu ihnen um und gebe vor, an ihrer Diskussion teilnehmen zu wollen, aber mir fällt nichts ein, was ich zu Mietpreisen und Gentrifizierung sagen könnte. Vis-à-vis haben sich Grüppchen gebildet. Zwei Frauen, die wie Zwillingsschwestern aussehen, beäugen uns. Ich frage, ob sie den wunderbaren Linsensalat schon probiert hätten.

„Der ist marokkanisch", sagen sie wie aus einem Mund und nippen an ihrem Saft.

„Was?"

„Der Salat. Das ist ein marokkanisches Rezept. Den haben wir gemacht."

„Ah", sage ich, „dachte ich mir."

„Ich habe aber noch Mangos dazu gegeben, was nicht im Rezept steht."

„Tolle Idee! Nicht wahr, Børre?"

Børre nickt den beiden freundlich zu und zerrt sich, mit einer Hand vor dem Mund, ein Korianderblatt aus den Zähnen.

Dagmar, die mit drei Frauen zusammen steht, die aufgeregt auf sie einreden, wirkt gestresst, sie hat kaum einen Blick für uns übrig. Die Damen neben Børre stehen auf und schließen sich der Gruppe in der Küche an, die lauthals lachen und Sektkorken knallen lassen. Wir sind mit dem Pärchen, das mittlerweile die Vor- und Nachteile einer Eigentumswohnung verhandelt, am Tisch übriggeblieben. Kommentarlos hören wir uns ihre Klagen über den überteuerten Berliner Wohnungsmarkt an und nicken ab und zu.

Nichts hasst Børre mehr als Gespräche über Mieten. „Warum müsst ihr Deutsche immer über Geld reden", sagt er dann resigniert und findet wenig Verständnis.

Ich sehe mich um und checke, ob ich jemanden kenne. Die dünne Frau mit den roten kurzen Haaren kommt mir bekannt vor, aber sie sieht schnell woanders hin, als ich versuche, Blickkontakt aufzunehmen.

„Aber trotzdem ist Berlin immer noch eine coole Stadt. So divers und kreativ", sagt die Frau an unserem Tisch.

„Und woanders kosten die Wohnungen noch mehr. Da ist es hier ja immer noch sehr billig", ergänzt ihr Double und wirft sich eine ungesalzene Erdnuss in den Rachen. „Ja, arm aber sexy", kichern sie beide und halten sich die Hand vor den vollen Mund.

„Sollen wir langsam gehen?", frage ich Børre, so laut, dass das Pärchen aufhört zu lachen und misstrauisch zu uns schielt.

„Wenn du willst", sagt er ganz unaufgeregt und wir verabschieden uns bei Dagmar, winken Liv kurz zu, die mit der Sammelbüchse in den Händen am Buffet steht und lacht.

03

Vergangene Nacht träumte ich, ich sei ein Wesen, das niemals stirbt. Verwirrt wache ich durch das Klingeln des Telefons auf. Das bedrückende Vorgefühl einer schlechten Nachricht, lässt mich zögern und ich lasse es lange läuten, bevor ich endlich den Hörer abnehme.

„Tom ist tot", höre ich Roswitha sagen.

Das Nachbarskind, das gerade noch auf dem Klavier spielte, hört abrupt auf, in die Tasten zu schlagen. Ich höre, wie Børre dabei ist, die Küche aufzuräumen, geräuschvoll das Geschirr in die Spülmaschine stellt. Das Radio läuft.

Eine monotone Stimme spricht die Nachrichten und kommentiert das anhaltend schlechte Wetter, das mit dem Westwind in Richtung Süd-Europa zieht.

Mein erster Gedanke ist Gott. Bitte, flehe ich, lass das nicht wahr sein. Ich verspreche, alles zu tun, nur lass das nicht wahr sein, bete ich verzweifelt, auch wenn ich an keinen Gott glaube.

„Vor drei Stunden ist er gestorben", sagt sie ganz ruhig. Ich stelle mir vor, wie jemand das Fenster öffnete, um seinen Geist hinaus zu lassen.

Jetzt ist er irgendwo da, wo ich nie war und weiß etwas, was ich nicht weiß. Wie sehr ich ihn beneide um seinen Vorsprung.

„Warst du dabei, als er gestorben ist?"

„Er ist im Hospiz gestorben", antwortet sie ganz leise.

Ich wusste nicht, dass Tom in einem Hospiz war. Warum sie mir das nicht gesagt hat, will ich sie fragen, aber ich lasse es. Vermutlich war es so, wie ich befürchtete. Ich sehe es vor mir, wie Roswitha an Toms Bett sitzt und auf den Pflegedienst wartet, der immer verspätet ist. Jedes Mal kommen andere Pflegerinnen, die nur Zeit haben für das Dringendste und Gröbste. Irgendwann muss es eskaliert sein. Ich wage nicht, danach zu fragen.

Stille in der Leitung. Roswitha hat den Hörer beiseitegelegt und schnäuzt sich. Dann höre ich sie tief Luft holen.

„Im Hospiz waren alle total nett. Und schön wars da. Überall frische Blumen und Kerzen. Ihm hats da auch gut gefallen. Viel früher hätten wir ihn da hinbringen sollen." In ihrer Stimme klingt Erschöpfung und Dankbarkeit.

„Das tut mir so leid, Roswitha. Ich wollte ihn doch bald besuchen kommen."

„Es ging alles ganz schnell", sagt sie. „Alles

ganz schnell."

Wir schweigen.

„Und wo bist du jetzt?"

„Ich bin gerade nach Hause gekommen. Die vom Hospiz haben mir ein Taxi bestellt."

„Das ist ja nett von denen."

„Ja, das sind ganz gute Menschen, die da arbeiten. Das hätte ich nie gedacht."

„Das ist wirklich gut, dass es so etwas gibt", pflichte ich ihr bei. Dann bleibt es wieder still. „Kann ich irgendetwas für dich tun? Soll ich jemanden anrufen für dich?" Sie antwortet nicht. Es bleibt wieder lange ruhig und ich glaube, sie hat den Hörer wieder weggelegt, aber dann sagt sie, dass sie sich nochmal meldet, jetzt könne sie nicht mehr reden und legt auf.

Ohne, dass ich es bemerkte, ist Børre ins Zimmer gekommen und steht dicht neben mir. Mein Körper bebt, ohne es zu wollen fange ich an zu weinen.

Børres Arme umschließen mich fest, ich höre sein leises Schluchzen an meinem Ohr und rieche seinen Duft. Mein Gesicht wird nass von unseren Tränen und als ich hoch sehe, steht ein bleierner Himmel vor unserem Fenster. Wie gemalt, denke ich.

04

Ich erinnere mich, wie Gudrun nach einem Sommerurlaub mit unserem Onkel mit einem schweren Sonnenbrand nach Hause kam. Ihre Haut war rot wie ein Krebs und übersät mit Hitzepickeln, die sich zu Blasen entwickelten und sich mit einer eklig milchig-gelben Flüssigkeit füllten. Tagelang konnte sie nicht liegen, weinte ununterbrochen und meine Mutter betupfte die aufgeplatzten Pusteln mit einer kühlenden, nach Schwefel riechenden Tinktur. Sie blieb tagelang zu Hause und schien sehr verstört.

Zu unserem Onkel ging sie nie wieder, und wenn er uns besuchen kam, verließ sie sofort das Zimmer. Was genau in diesem Urlaub passierte, wollte sie uns nicht sagen, aber als der Onkel starb ging sie statt zur Beerdigung mit ihrer Freundin ins Eiscafé und aß Spaghettieis.

Jetzt lebt Gudrun seit mehr als dreißig Jahren in Amerika, in einer kleinen Stadt in Georgia an der Grenze zu Florida. Ich war noch nie dort und kann mir nicht vorstellen, wie sie es in dieser Hitze aushält.

Heute ist ihr Geburtstag. Zu Geburtstagen,

manchmal auch an Weihnachten oder Neujahr, rufen wir uns an und plaudern ein bisschen. Diesmal aber fällt es mir schwer. Ich muss ihr von Toms Tod berichten. Sie waren enge Freunde und unzertrennlich bis sie Billy kennenlernte. Ohne Gudrun wäre ich nicht mit Tom zusammen gekommen. Erst als sie wegen Billy keine Zeit mehr hatte, freundeten wir uns an. Tom muss ihr viel bedeuten, auch wenn sie sich Jahrzehnte nicht gesehen haben.

Ihr rundes Gesicht taucht auf dem Monitor auf. Sie lächelt breit und ihr Mund bewegt sich wie bei einer Bauchrednerpuppe. Es dauert ein paar Sekunden, bis die Verbindung stabil ist. Als der Ton und das Bild synchron sind, höre ich ihre helle Stimme, sie spricht unseren Dialekt, als wären wir noch Kinder.

„Herzlichen Glückwunsch zum Geburtstag! Ich hoffe ich habe dich nicht geweckt", rufe ich ihr zu und ihre Reaktion, ein heftiges Winken mit der rechten Hand, kommt erst, als ich schon den zweiten Satz ausgesprochen habe.

„Danke dir, schön, dass du daran gedacht hast", holpert ihre Antwort wie ein defekter Automat und mir kommt dieser Augenblick wie ein Déjà-vu vor.

Gudrun ist dick geworden. Ihre Wangen sind

rund und rosig, ihr Kinn wölbt sich zu einem Doppelkinn. Schon als Teenager war sie pummelig und trug nur übergroße T-Shirts oder Männerhemden, um ihre Brüste zu verbergen. Sie war viel früher entwickelt als ihre Schulkameradinnen, war groß und kräftig. Mit zwölf hatte sie einen Körper wie eine erwachsene Frau und schämte sich dafür.

In der achten Klasse lernte sie Tom kennen. Zusammen besuchten sie einen Tanzkurs und durch das viele Tanzen mit ihm verlor sie an Gewicht und war für eine kurze Zeit schlank wie ein Mannequin. An ihr Ballkleid, hellgrün wie ihre Augen, mit einem tiefen Ausschnitt im Rücken erinnere ich mich noch gut. Tom trug einen taubenblauen Anzug mit einem creme-farbenen Hemd, dessen Kragen weit über das Revers hing. Um den Hals hatte er sich ein Tuch gewickelt, das dieselbe Farbe hatte wie Gudruns Kleid.

Mit dem wenigen Geld, das Gudrun während ihrer Ausbildung verdiente, kaufte sie sich extravagante Anziehsachen über den Versand, immer eine Nummer zu klein, um sich ein Ziel zu setzen. Unzählige Diäten probierte sie aus und am Ende landeten die ungetragen Klamotten im Altkleidersack, der zweimal im Jahr auf die Straße gestellt wurde.

Seit sie mit Jennifer schwanger war und noch mehr zunahm, hat sie sich mit ihrer Figur abgefunden und isst was sie will.

Ich finde, sie sieht viel besser aus, wenn sie keine Diät macht und nicht an ihr Übergewicht denkt.

„Was habt ihr heute vor? Macht ihr etwas Besonderes?" frage ich, als Billy im Hintergrund auftaucht, sich hinter Gudrun stellt und seine Hände auf ihre Schultern legt.

„Hello!", ruft er in den Computer und winkt mit seiner schmutzigen Hand, die bis zum Ellbogen mit Autoöl verschmiert ist.

Er hat sich kaum verändert und sieht immer noch so aus wie vor dreißig Jahren. Nur älter, dicker und grauer.

Die beiden lernten sich auf dem amerikanischen Volksfest in Mannheim-Käfertal kennen, wo Billy bei der US Army stationiert war. Gudrun liebte dieses Fest, sie freute sich das ganze Jahr darauf. Sie mochte die nach Zimt schmeckende Coca-Cola in Ein-Liter-Pappbechern mit gestreiften Strohhalmen und die fettigen Pommes Frites, die es nur dort mit echtem Ketchup gab, der aussah wie dickes Blut. Ihr gefiel die fremde Sprache, die klang wie ein ewiger Liebessong aus dem Radio. Die schwarzen Kinder mit den geflochtenen Zöpfen und bunten Spangen in den

Haaren fand sie ulkig. Für die dicken schwarzen Frauen in ihren engen Jeans und breiten Hüften, die fröhlich Berge von Eiscreme, Burger und Popcorn in sich reinstopften, hegte sie eine heimliche Bewunderung.

Nach dem Militärdienst in Deutschland wollte Billy in seine amerikanische Heimat zurück. Ohne den Segen der Eltern heiratete sie Billy, von dem sie schwanger war. Jennifer, ihre einzige Tochter, lebt in einem anderen Bundesstaat und ist selbst schon Mutter. Das zweite und letzte Mal sahen wir uns bei der Beerdigung von Gudruns Patentante. Da war sie noch ein Baby.

„Alles gut in good old Germany?", ruft Billy in gebrochenem Deutsch. Er trägt ausgeleierte Levis-Jeans und ein muscle shirt, mit einem verwaschenen Logo von Jack Daniels Whiskey drauf. Sein Bierbauch hängt ihm über dem Gürtel. Die grauen Brusthaare stehen ihm bis zum Hals. Ohne meine Begrüßung abzuwarten, läuft er wieder aus dem Bild. Ich höre, wie der Kühlschrank auf und zu geht und er eine Dose Budweiser öffnet.

„Soll ich dir mal unser Haus zeigen?", fragt Gudrun und läuft, den Laptop mit beiden Händen in die Luft haltend, in der Küche umher.

Alles ist groß und aufgeräumt wie in einer Musterwohnung. „Die Einbauküche ist ganz neu und in Eierschalenweiß gehalten", erklärt sie mir und dreht sich einmal im Raum, damit ich alles betrachten kann.

Ich habe eine hypermoderne Küche mit Kochinsel, Barhockern und einem Retro-Fliesenboden erwartet. Stattdessen ist die Einrichtung altmodisch und spießig. Wenn ich nicht wüsste, dass sie in Amerika leben, würde ich denken, ein altes deutsches Ehepaar bewohnt dieses Haus. Trotzdem ist die Einrichtung sicherlich ein Vermögen wert. Alleine der Kühlschrank, der bis zur Decke geht, muss meine Monatsmiete gekostet haben.

„Seid ihr jetzt mit dem Umbau fertig?", frage ich scheinheilig.

„Ach was. Es gibt immer was zu tun. Das nimmt kein Ende. Ist eine Ecke fertig, kommt was Neues. Im Frühjahr kommt das Dach dran."

Außer mir sind alle meine Schwestern sozial aufgestiegen, wie man so sagt, leben in eigenen Häusern, die ihre Ehemänner geerbt und umgebaut haben, fahren neue Autos und mehrmals im Jahr in den Urlaub. Meine Verwandtschaft bedauert mich, weil ich zur Miete wohne und ein altes Fahrrad fahre.

Das Wohnzimmer ist mit der Küche verbunden.

Eine riesige Schrankwand bedeckt komplett eine Seite des Raums. Alles ist in Schränke geräumt, nichts liegt herum. Kein offenes Regal, selbst auf dem Tisch liegt nichts bis auf einen Bleikristall Kerzenständer, in dem eine frische weiße Kerze steckt. Die schwere Couchgarnitur steht mitten im Zimmer. Gudrun zwängt sich zwischen den Möbeln durch den Raum, damit ich alles aus allen Winkeln sehen kann. Das Schlafzimmer zeigt sie mir nur kurz, sie bleibt vor der Tür stehen, mit dem Rücken zum verdunkeltem Raum. Ich kann sehen, dass die Betten sorgfältig gemacht sind. Die Kissen haben einen Knick in der Mitte, die Bettwäsche hat ein dezentes braunes Muster. Kommentarlos geht sie zum nächsten Raum.

Billys Büro ist vollgestellt mit ausrangierten oder defekten Haushaltsgeräten. Es gibt kaum Platz darin, Gudrun schwenkt nur kurz ins Zimmer hinein. „Seit er Rentner ist, hat er noch mehr zu tun", sagt sie und lacht. Was genau Billy beruflich macht habe ich nie verstanden. Irgendwas mit Finanzen oder Versicherungen. Gudrun blieb zu Hause und kümmerte sich um Haus und Kind.

Das ehemalige Zimmer von Jennifer ist Gudruns Bügelzimmer und sieht aus, als wohne Jennifer immer noch darin. Poster von Taylor Swift und Justin Bieber, umrahmt von selbstgebastelten

Herzen, hängen noch an der rosa gestrichenen Wand. Vielleicht wird sie es ausräumen und ganz für sich einrichten, sagt sie und schiebt zwei Wäschekörbe, gefüllt mit ungebügelter Wäsche, mit ihrem Fuß zur Seite.

„Ab und zu kommt Jennifer zu Besuch, da ist es praktisch, ein Zimmer für sie bereit zu haben."

Nach der Tour durch das Haus setzt sich Gudrun an den Küchentisch und gießt sich Kaffee in einen Becher, den sie sich schon bereit gestellt hat. Wir reden über den Garten und die viele Arbeit, die es macht, ihn zu pflegen. Sie klagt über ihre Schlafstörungen und die faltige Haut an den Oberarmen. Das komme von der Menopause, unter der sie seit Jahren leidet, ansonsten aber seien sie gesund und zufrieden.

„Ganz anders als unsere Nachbarn. Da ist die Frau ganz plötzlich an Krebs gestorben. Niemand hat was gemerkt, bis sie wegen ihrer Kopfschmerzen ins Krankenhaus musste. Als man ihr den Kopf aufmachte, stellten die Ärzte fest, dass alles von Metastasen befallen war. Der arme Mann ist jetzt ganz alleine und geht kaum noch aus dem Haus. Männer können so was ja noch schlechter ver-arbeiten."

„Tom hatte auch Krebs", sage ich schnell. „Er

ist tot." Gudruns Gesicht bleibt unverändert. Erst als die Nachricht durch die Leitung gewandert und dann in ihr Bewusstsein gedrungen ist, sieht sie mich mit großen Augen an.

„Was?"

Ich wiederhole meinen Satz als ob ich ein Band zurück spule.

„Das gibt's doch nicht! Was war das denn für ein Krebs?"

„Man hat den Herd nicht wirklich ausfindig machen können", sage ich monoton. „Er war nur sechs Wochen im Krankenhaus und knapp zwei Wochen im Hospiz."

„Wie schrecklich. Und hast du ihn noch gesehen?"

„Ja. Ich habe ihn einmal im Krankenhaus besucht, bevor er starb. Er sah ganz furchtbar aus."

„Wie schrecklich", sagt sie noch einmal. „Er war ja erst so alt wie ich! Und wie geht's Roswitha? Das muss ja schlimm sein für sie. Kannst du mir ihre Adresse geben? Dann schicke ich ihr eine Trauerkarte."

„Ja klar. Ich schicke sie dir per Mail." Sie nickt und lächelt vorsichtig. „Wenn du willst, kann ich auch etwas von dir, einen Gruß oder so, auf den Kranz schreiben. Ich möchten für ihn einen Trauerkranz kaufen."

„Was soll ich denn da schreiben?"

„Ich weiß nicht. Einfach was Nettes, was dir spontan einfällt. Irgendetwas, was du ihm gerne mitgeben willst. Etwas Persönliches vielleicht."

„Hm. Ich weiß nicht. Mal sehen, ob mir was einfällt. Aber eine Karte schreibe ich auf jeden Fall, wenn du mir die Adresse von Roswitha schickst."

„Natürlich mache ich das", sage ich etwas genervt. Sie nickt und zuckt nervös mit ihren Augenlidern. „Und wie geht es Jennifer?"

„Oh, Jennifer, der geht es gut. Doch, doch. Noch immer ohne Mann", lacht sie verkniffen und zuckt mit den Schultern, „aber das muss sie wissen. Hauptsache, sie ist gesund und glücklich."

Dann kommt Billy in die Küche, um ein neues Bier zu holen. Er sagt etwas mir Unverständliches zu Gudrun, worauf sie vorschlägt, das Gespräch bald zu beenden.

„Wir müssen noch einkaufen und zum Baumarkt fahren", erklärt sie mir und schaut Billy nach, der im schlürfenden Gang die Küche verlässt.

„Ja klar", sage ich. „Ich muss auch noch was arbeiten."

„Hast du heute Dienst im Behindertenheim?"

„Nein, heute nicht. Ich muss aber trotzdem arbeiten."

„Ach so, mit deiner Kunst", sagt sie, „verstehe." Wir versichern einander, dass es bis zum nächsten Kontakt nicht wieder ein ganzes Jahr dauern wird, wünschen uns alles Gute und trennen die Verbindung.

05

Inger-Lise trinkt nur teuren Wein. Sie wird krank und bekommt Migräne, wenn sie billigen trinkt und von Bier bekommt sie Sodbrennen.

„Ich bin so froh, dass du gekommen bist. Mir geht's gar nicht gut", ruft sie mir von der Küche aus zu, während ich die Schuhe ausziehe.

Mit einer Flasche Rotwein in der Hand und einem Glas torkelt sie an mir vorbei und lässt sich auf das Sofa fallen, das mitten im Zimmer steht.

Inger-Lise wohnt alleine. Seit sie sich vor fünf Jahren von ihrer langjährigen Beziehung getrennt hat, gibt es nur Katastrophen-Affären in ihrem Leben. Tobias, ihr Ex-Freund, hatte sich Hals über Kopf in eine jüngere Frau verliebt, mit der er dann prompt ein Baby zeugte, obwohl er sich jahrelang beharrlich gegen den Kinderwunsch von Inger-Lise positionierte. Jetzt steht sie kurz vor der Menopause und der Traum vom Kinderkriegen ist endgültig vorbei.

„Meine Mutter ist in ein Pflegeheim gekommen", fängt Inger-Lise an, als ich mich in den Sessel ihr gegenüber setze.

„Das tut mir leid", sage ich. „Ist es jetzt doch so

schlimm geworden?"

„Es ging einfach nicht mehr", sagt sie, als hätte sie mich nicht gehört und stiert auf ihre Füße. Ihr Blick richtet sich auf die Laufmasche, die von ihrem großen Zeh bis unter ihr Knie läuft. Als sie zum dritten Mal vergeblich versucht ihren Fuß zu fassen, gibt sie auf, lehnt sich erschöpft zurück und lässt die Arme neben sich fallen.

„Sie ist plötzlich so..."
Der Ausdruck „dement" fällt ihr nicht ein und ich helfe ihr, das richtige Wort zu finden.

„Ja, genau. Dement. Vielleicht hat sie sogar Alzheimer. Wer weiß?", ruft sie, „jedenfalls muss man sie rund um die Uhr betreuen."
Sie schnappt sich ihr Glas und legt die Füße auf den Tisch. Der große Zeh mit dem rot lackierten Nagel lugt aus dem Loch in der Strumpfhose und bewegt sich, als sei er von einer unsichtbaren Maschine angetrieben.

„Alles bleibt an mir hängen", lamentiert sie und sie tut mir wirklich leid.
Ich weiß, dass Inger-Lise sehr an ihrer Mutter hängt, obwohl sie eine Rabenmutter war. Aber auf einmal ist sie ein lieber, armer Mensch, der es nicht verdient, zu leiden wie ein Hund.
Als ich sie darauf anspreche, dass ihre Mutter doch so kalt und fahrlässig mit ihr umgegangen sei,

regt sie sich auf und behauptet, sie hätte das nie gesagt. Ich bin verblüfft, habe aber keine Lust, mich zu streiten.

„Ich glaube, ich gehe jetzt erstmal für eine Weile nach Norwegen und kümmere mich um sie."

Ich versuche, nicht überrascht zu wirken.

„Ok. Meinst du echt, du musst gleich so radikal sein und weg ziehen?"

„Was soll ich denn machen? Soll ich sie alleine lassen? Sie hat ja sonst niemanden, der sich um sie kümmert."

Entschlossen schiebt sie sich von dem Sofa hoch, schwankt zu ihrem Schreibtisch und fuchtelt an ihrem Rechner herum. Sie will jetzt sofort ein bestimmtes Lied hören.

Nick Cave ist vielleicht ein bisschen dramatisch, denke ich, als ich die ersten Zeilen des Songs höre, den Nick Cave geschrieben hat, als sein Sohn tödlich verunglückte.

„Sie ist im Pflegeheim", beruhige ich sie, „da kümmert man sich doch."

„Na, du weißt doch, wie es da abgeht. Einen Scheiß kümmern die sich. Letztens haben die das Gebiss meiner Mutter verschlampt. Es war einfach weg und ich hab tagelang da angerufen und Terror gemacht, bis sie endlich dieses verdammte Gebiss wiedergefunden hatten. Wie erniedrigend ist das denn, Mann!", schreit sie jetzt, ihre Stimme droht zu kippen.

Spotify springt über zu den Pet Shops Boys. "I love you, you pay my rent" singt das Duo zusammen mit Liza Minnelli im Discosound.

„Und wie lange willst du in Norwegen bleiben?", frage ich und schenke den Rest des guten Weins in mein Glas.

„Weiß nicht. Vielleicht für immer", antwortet sie fast beiläufig, so als ginge es mich nichts an.

Schon oft hat Inger-Lise angedeutet, wieder zurück nach Norwegen zu ziehen. Im Herzen ist sie Norwegerin geblieben, auch wenn sie schon lange in Berlin lebt. Ihr fehlt die Natur und sie vermisst ihre Familie. Sie ist glücklich, zur besten Zeit in der besten Stadt der Welt zu leben, sagt sie stolz zu ihren skandinavischen Freunden, wenn sie zu Besuch kommen. Dann zeigt sie ihnen die heruntergekommenen Eckkneipen in Neukölln, in denen das Bier nur zwei Euro fünfzig kostet und man drinnen rauchen darf.

Die Pet Shop Boys spielen immer noch.

"Left to my own devices" klingt es dumpf aus den Zimmerboxen, ich räume die Gläser zusammen und bringe sie in die Küche.

Zurück im Wohnzimmer bleibe ich im Türrahmen stehen mit einer Schüssel Pasta in der Hand, die ich im Kühlschrank entdeckt habe.

„Soll ich uns die warm machen? Ich hab totalen Hunger."

Wir essen die Nudeln und trinken gefiltertes Wasser, das nach Gurke schmeckt.

„Wie war das mit deinen Eltern? Ist dein Vater nicht auch dement gewesen?"

„Nein. Meine Mutter war lange pflegebedürftig und hatte Parkinson", antworte ich kurz und fahre mit dem Finger am Rand des Tellers herum und schlecke die Tomatensoße auf.

"Oh, das wusste ich gar nicht!" Inger-Lise fängt an zu weinen und umarmt mich. „Das tut mir so leid", sagt sie immer wieder.

„Ist schon okay", wehre ich ab. „Mein Verhältnis zu meinen Eltern war nicht so gut."

„Aber es sind ja trotzdem die Eltern. Das ist immer schlimm", erwidert sie und greift nach meiner Hand.

„Ja, das stimmt. Das sagt man so. Blut ist dicker als Wasser. Aber ob das so immer zutrifft? Als Tom starb, habe ich den schweren Verlust viel stärker gespürt. Ich vermisse ihn jeden Tag, manchmal rede ich sogar mit ihm. Es ist, als habe meine Vergangenheit aufgehört, seit er nicht mehr ist."

Inger-Lise hört mir zu und hält dabei meine Hand

in ihren Händen, die ganz weich sind, langsam feucht werden und sich anfühlen wie eine pelzige Höhle.

„Du und Børre müsst mich unbedingt in den Ferien in meiner Sommerhütte besuchen kommen, hörst du?"

„Ja", sage ich, „das wäre schön", ziehe vorsichtig meine Finger zurück und schiebe ihr die Meeresfrüchte rüber, die ich aus der Pastasoße herausgepickt habe.

Geschickt knackt sie die letzte Garnele und wirft den Schwanz auf den Schalenhaufen.

Nach dem Essen zeigt sie mir im Internet, wo ihr kleines Sommerhaus gelegen ist, mitten im Wald an einem blauen See. Es sei unglaublich romantisch, schwärmt sie und ich verspreche, ihre Einladung anzunehmen, auch wenn ich skeptisch bin, wie ich es ohne Strom und Warmwasser aushalten soll.

Es ist spät. Ich verabschiede mich, sie bietet mir ihre Regenjacke an.

„Jetzt sehe ich schon wie eine echte Norwegerin aus", lachen wir, als ich das riesige Cape über mich werfe.

Ich fühle mich leicht und frei, als ich Richtung Spreeufer-Kanal trotte. Durch den Alkohol im

Blut ist mir nicht kalt. Am ehemaligen Berliner Todesstreifen angekommen, tröpfelt es nur noch, aber ich behalte das Cape an und atme Inger-Lises blumiges Parfum und den Geruch ihrer Haut tief ein.

Was ich zu Inger-Lise gesagt habe, muss abgeklärt geklungen haben. Sie muss mich für kalt und rücksichtslos halten. Aber es ist wahr, dass ich mich, nachdem meine Eltern beide gestorben waren, auf eine eigentümliche Art befreit fühlte. Wie konsequent ich war, als mein Vater starb, denke ich und schnippe die Zigarette in einem weiten Bogen in die dunkle Spree.

Gerade noch weiche ich einem Haufen Hundekot aus, der mitten auf dem Gehweg liegt, die blaue Tüte sauber daneben drapiert, wie zum Hohn. Meinen Vater wollte ich nicht im Sterbebett sehen. Ich sah keinen Sinn darin, ihn so in Erinnerung zu behalten und kam erst zur Beerdigung.

Ich erinnere mich genau, wie ich die WhatsApp-Message öffnete, die mir meine Schwester mitten in der Nacht geschickt hatte. Auf dem ersten Bild saß mein Vater im Unterhemd und geschlossenen Augen in einem Rollstuhl. Seine nackten Arme hingen schlapp und faltig an seinem mageren Körper, der proportional viel zu groß aussah, unförmig und schräg, so, als würde man ihn durch ein Weitwinkelobjektiv betrachten. Ich war geschockt und konnte den Blick nicht abwenden. Die nächsten Bilder, die peu à peu auf meinem Smartphone ankamen, waren nicht weniger erschreckend. Da lag mein Vater mit gefalteten Händen, als sei er bereits tot, in einem Patienten-hemd, weiß mit dunkelgrauen Rautenmuster, wie es sie in allen Hospitälern auf der Welt gibt, und sah aus wie eine Ikone. Sein Mund war halboffen, seine Zunge schob sich zwischen die Lippen wie bei einem schmollendem Kind mit Down-Syndrom. Gelblich schimmerte die Haut auf seinem Gesicht und den runzligen Oberarmen. Die Augen lagen in dunklen Höhlen.

Børre begleitete mich zur Beerdigung, er kannte meinen Vater kaum. Nur ein- oder zweimal waren sie sich begegnet und jedes Mal erzählte mein Vater vom Krieg, den er als Kind miterlebt hatte. Børre hörte zu und mein Vater freute sich, jemanden gefunden zu haben, der seine Geschichten noch nicht tausendmal gehört hatte.

Ein kalter Wind bläst mir durch die Haare. Ich schaue dem bunten Müll hinterher, der auf dem Wasser schwimmt. Als ich mir meine Mütze über die Ohren ziehe und eine Zigarette anzünde, bemerke ich ein Entenpärchen, das unter dem kahlen Gebüsch hervorwackelt und sich ins eiskalte Wasser traut. Das bunte Männchen plustert sich auf, wedelt wie wild geworden mit den Flügeln und gibt schrille Töne von sich. Es streckt den orangenen Schnabel hoch in die Luft und dreht ein paar Mal einen Kreis um sich selbst. Das unscheinbare Weibchen beachtet ihn nicht. Mit erhobenem Haupt schwimmt es an ihm vorbei. Es sieht sich nicht einmal mehr nach ihm um.

06

Beerdigt wird er auf einem kleinen Friedhof am Rande der Stadt, erklärt mir Roswitha. Sie wünscht sich, dass ich die Grabrede halte. Ich zögere, will mich herausreden. Sie kann das nicht, hat noch nie vor vielen Leuten gesprochen. Sie fleht mich an und sagt, der Pfarrer fände es ganz schade, wenn die Beerdigung stattfinden würde, ohne dass eine nahe Person ein paar schöne Worte für Tom spricht.

Am Tag der Beerdigung schneit es. Die Trauergäste versammeln sich vor dem Friedhofstor, reiben sich die kalten Hände und warten. Es sind mehr Leute gekommen, als ich erwartet hatte, ein paar vertraute Gesichter erkenne ich und ich grüße mit einem vorsichtigen Lächeln.
Roswitha weicht nicht von meiner Seite. Unsicher blickt sie um sich und wartet darauf, dass ich ihr vorgebe, was zu tun ist. Wenn sie könnte, würde sie sich in Luft auflösen und verschwinden wollen, sagt mir ihr Blick. Ihre Hand zittert und liegt kalt in meiner. Wir folgen dem Pfarrer auf dem Weg zu Toms Grab.

Die schweren Grabsteine ragen aus dem Schnee wie Ruinen nach einem brutalen Krieg. Mir kommt der Weg wie ein Gewaltmarsch vor. Statt meiner festen Winterschuhe trage ich meine Ausgehschuhe, die aus dünnem Leder. Sie passen besser zu meinem neuen Hosenanzug und jetzt spüre ich kaum noch meine eiskalten Füße.

Am Grab angekommen bin ich schockiert. Ein zylinderförmiges Loch, nicht größer als ein DIN-A4-Blatt, ist in den Rasen gegraben, ein Loch, in das Toms Urne eingelassen werden soll. Von katholischen Beerdigungen bin ich mehr Pomp und Aufheben gewohnt, sodass ich im ersten Moment denke, wie dürftig und bescheiden das hier vonstattengeht.

Mit der Erzählung über die Macht der Liebe, die bis über den Tod hinausgehe, versucht der Geistliche, uns Mut zu machen und ich hänge an seinen Lippen und versuche zu glauben.

Im Winterlicht sehen wir alle bleich und verletzlich aus wie eine als Gespenster verkleidete Outsider-Gruppe auf einer schwarz-weiß Fotografie von Diane Arbus. Den Frauen ist die Wimperntusche verlaufen und der Eyeliner über das ganze Gesicht verwischt. Wir sind kaum wiederzuerkennen.

Durch ein Kopfnicken des Pfarrers werde ich

aufgefordert, meine Rede zu halten. Ich trete vor das kleine Erdloch und vergesse alles, was ich mir zurecht gelegt hatte. Ich fühle mich wie ein kleines Mädchen, dem befohlen wird, ein Gedicht aufzusagen und vor lauter Scham kein Wort herausbringt. Nach ein paar mageren Sätzen breche ich weinend ab und bitte die Anwesenden, die Blütenblätter auf Toms Urne zu werfen und fest an ihn zu denken.

Die Trauergäste treten nacheinander ans Grab. Als Toms Ex-Freund Sasha an der Reihe ist, kniet er nieder wie ein Staatsoberhaupt am Grab des unbekannten Soldaten, bläst den Rauch einer Zigarette in das Loch und wirft die Kippe hinterher. Mit der behandschuhten Hand wischt er sich über das verheulte Gesicht und stapft wütend zurück zur Trauergemeinde.

In Toms Friseurladen haben seine Angestellten Getränke und Häppchen für die Trauergäste vorbereitet. Für einen Moment vergesse ich, dass dies Toms Trauerfeier ist und bilde mir ein, dass er irgendwo herumschwirrt, vielleicht hinten im Aufenthaltsraum eine Zigarette raucht oder im Keller die Handtücher in die Waschmaschine steckt. Gleich würde er auftauchen, als sei nichts geschehen. Ich starre auf die Kellertreppe und erschrecke, als eine Angestellte die Treppen hochkommt und mich freundlich anlächelt. Irritiert sehe ich in die andere Richtung und erkenne Flo, der gerade auf mich zuläuft.

„Es freut mich, dass du gekommen bist", sind die ersten Worte, die ich zu ihm sage.
Wir haben uns seit etwa zwanzig Jahren nicht mehr gesehen.

„Ich hab's von Martina gehört", sagt er mit einer piepsigen Stimme.
Tom fand Flo immer langweilig. Er war ihm zu intellektuell und weil er in einem Verein Handball spielte, fand er ihn blöd. Tom hasste Sport und Schwitzen. In der Schule schaffte er es, selbst im Tischtenniskurs null Punkte zu bekommen.

„Es tut mir so leid. Ich kann es noch nicht fassen."
Erst jetzt, als er seine Mütze abnimmt und sich über den Kopf streicht, sehe ich, dass er kaum noch Haare hat. Ein dünner Kranz umrandet seine Glatze, im Nacken fallen lange Strähnen auf den Hemdkragen.

Ein ungepflegter, schlechter Haarschnitt ging für Tom überhaupt nicht. Äußerlichkeiten waren wichtig für ihn. Eine Zeit lang lebte ich mit vier Lesben in einer Fabriketage in Neukölln. Die gingen nie zum Friseur und schnitten sich gegenseitig die Haare. Das fand er unmöglich. Frauen ohne Glamour waren öde, weshalb er mit meinen Neuköllner Butch Freundinnen nie viel anfangen konnte.

Es ist, als sei die Zeit zurückgekehrt. Flo steht neben mir, ganz unbefangen, während ich innerlich bebe von all den Erinnerungen und Emotionen. Ich wollte ihn nie wiedersehen nach unserer Trennung.

An dem Morgen, als wir zum letzten Mal zusammen aufwachten, und er mir beim Frühstück sagte, dass er sich in eine andere Frau verliebt hatte, erinnere ich mich genau. Mein Zimmer lag zur Südseite und die Sonne warf ein grelles Licht wie Scheinwerfer auf das Kopfkissen, auf dem er gerade noch gelegen hatte.

All das sehe ich klar vor mir. Aber wie sein Körper sich anfühlte, seine Lippen, seine Zunge schmeckten, weiß ich nicht mehr.

Wochenlang weinte ich um ihn und Tom tröstete mich. Ließ mich in seinem Bett liegen und zusammen mit ihm Horrorfilme sehen, bis ich müde und erschöpft nach Hause gehen und endlich einschlafen konnte. Er war mein Lebensretter und ohne Flo schlecht zu machen, richtete er mich wieder auf und ließ mich nicht alleine, wenn ich nicht allein sein konnte.

Wir reden über unsere Existenzen, was wir beruflich machen, welche Bücher wir lesen, welche Filme wir gesehen oder verpasst haben. Flo ist noch mit der Frau zusammen, die er nach mir kennenlernte und sie haben ein Kind, das mittlerweile erwachsen ist. Ich habe seine Tochter und seine Frau nie gesehen. Das Kind entwickelt sich gut, sagt er, hängt aber sehr an seiner Mutter und wohnt noch bei ihnen, obwohl es schon studiert. Ich stelle mir seine Tochter schüchtern und schlaksig vor wie ihr Vater. Wahrscheinlich schämt sie sich für ihre Figur, weil sie zu dünn ist.

Er würde viel arbeiten, sagt Flo und dass es ihm Spaß macht. Ich blicke ihn an und sehe Angst in seinen Augen leuchten.

Früher wollte er Schriftsteller werden und schrieb jahrelang an seinem Roman. Als er seine jetzige Frau traf, gab er das Schreiben auf und ging in die IT-Branche. Er verdient viel Geld und trägt Klamotten von Thomas i-Punkt, die es nur in Hamburg gibt, schweineteuer sind und jedem gut stehen. Ihm hätte ich nie zugetraut, dass er aufgibt und einen normalen Job annimmt. Zu mir war er immer streng und machte sich lustig, wenn ich mir Sorgen machte, wie ich meinen Lebensunterhalt verdienen sollte.

Verlassen zu werden ist schlimmer, als jemanden zu verlieren, der tot ist, dachte ich damals.

Noch ein letztes Glas und eine Zigarette.

Mit dem Rauchen habe er aufgehört, als seine
Frau schwanger wurde, sagt er als ich meinen
Tabak hervorkrame. Ich nehme ein Glas argen-
tinischen Rotwein, Flo möchte keinen Alkohol
und bleibt beim stillen Wasser.

„Bist du mit dem Auto hier?", frage ich ihn.

„Nein, mit dem Fahrrad."

Er zeigt auf seinen Fahrradhelm, der festgemacht
an seiner Aktentasche auf dem Boden liegt. Flo
war immer sehr ängstlich und übervorsichtig.
Wir lachen. Für einen Moment fühlt sich die
Vertrautheit zwischen uns wie früher an und ich
spüre einen Stich in der Magengegend.

Als er sich verabschiedet, gebe ich ihm meine
Visitenkarte. Ich weiß, dass er sich nie bei mir
melden wird.

07

Martina hat ein Mix-Tape für die Trauerfeier zusammengestellt.

Jedes Lied ist eine Erinnerung an Tom.

Bei einem Song von Dionne Warwick sehe ich ihn vor mir, wie er mit seinem übergeschlagenen Bein lässig schaukelt, die Zigarette hält, seine Fingernägel betrachtet und laut mitsingt. Das ist meine erste Erinnerung an Tom. Ich mochte ihn gleich.

Jeden Morgen kam Tom bei uns vorbei, um meine Schwester Gudrun für den Schulweg abzuholen. Er war immer zu früh und setzte sich zu uns an den Frühstückstisch. Sein "Old Spice"- Eau de Toilette schwebte in der Küche und vermischte sich mit Kaffee- und Roggenbrotduft. Meine Mutter beobachtete ihn aus dem Augenwinkel, starrte auf seine sorgfältig gefeilten Fingernägel, die er mit rosastichigem Nagellack lackiert hatte und blähte die Nasenflügel, so wie sie es immer tat, wenn ihr etwas nicht gefiel.

Was sie über ihn dachte, sprach sie nicht aus, rümpfte aber die Nase, denn selbst das Wort "schwul" war zu anstößig, um es laut auszusprechen.

„I learnt the truth with seventeen", singt Janis Ian in dem Song, der jetzt läuft.

"And those of us with ravages faces, lacking in the social graces, desperately remained at home, inventing lovers on the phone...remember those who win the game, lose the love they thought to gain... to those of us who knew the pain of valentines that never came."

Ich fühle mich alt und mutlos, als dieses Lied zu Ende ist.

„Hallo Alex, schön dich zu sehen." Martina steht mit zwei Gläsern Rotwein neben mir und lächelt mich mit strahlenden Augen an. Auf dem Friedhof glaubte ich, sie erkannt zu haben, aber sie stand weit weg und trug eine dunkle Brille, so dass ich mir nicht sicher war. Ich freue mich, sie zu sehen. Wir umarmen uns fest.

„Du hast gut geredet", sagt sie und drückt mir das Glas in die Hand. Ihre Finger sind ganz kalt. Sie hat sich wenig verändert, trägt sogar noch die gleiche Frisur wie damals, nur hat sie mittlerweile dünneres, graues Haar, das strähnig auf ihren Schultern liegt.

„Findest du?"

„Na klar. Vor so vielen Leuten zu sprechen! Das muss man erstmal können!"

„Na ja, so viel hab ich ja nicht gesagt."

„Aber es kam gut rüber. Was soll man denn auch sagen." Wir setzen uns auf zwei Hocker eng nebeneinander. „Und bist du alleine gekommen?"

„Ja. Børre, mein Freund, konnte leider nicht mitkommen."

„Schade, den hätte ich gerne mal kennengelernt."

„Vielleicht ein andermal", sage ich und werde verlegen. Eigentlich wollte Børre mich begleiten, aber aus einem mir jetzt nicht mehr erklärbaren Grund dachte ich, dass ich alleine gehen sollte.

„Und du?"

„Leon wollte nicht. Ich finde, als Jugendlicher muss man sich das auch noch nicht reinziehen."

„Da hast du wohl recht."

Ob sie noch mit dem Vater ihres Kindes zusammen ist oder einen Freund hat, würde ich sie gerne fragen, aber ich traue mich nicht und warte, ob sie von sich aus darüber redet.

Schweigend bleiben wir nebeneinander sitzen und beobachten die Gäste, wie sie sich im hellerleuchteten Raum angeregt unterhalten, als würden wir einen Geburtstag oder ein Jubiläum feiern.

„Tom würde es gefallen, dass so viele gekommen

sind, glaubst du nicht?" Ich nicke.

„Bestimmt. Das hätte ihn sicherlich sehr gefreut."

"It was long ago and far away, the world was younger than today. When dreams were all they gave for free, to ugly duckling girls like me."

„Dieses Lied! Kennst du das noch?"

„Ja, richtig. Das habe ich schon ewig nicht mehr gehört. Ich mochte das immer sehr gerne, aber den Text habe ich damals nicht verstanden."

„Tom konnte ja alle Songtexte auswendig. Das war schon unglaublich, wie gut er Englisch konnte. Alles nur aus Songs gelernt", sagt Martina und nimmt einen kräftigen Schluck von dem Rotwein. Sie wirkt aufgeregt, vielleicht ist sie auch ein bisschen beschwipst. „Weißt du noch, als wir jedes Wochenende ins Connection gingen, in diese Schwulendisco?"

„Natürlich erinnere ich mich daran." Ich muss an die vielen Wochenenden denken, an denen wir uns trafen und uns für den Abend aufdonnerten.

„Ich weiß noch, wie Tom uns immer zurecht gemacht hat. Einmal hat er mir stundenlang die Haare toupiert und mich geschminkt wie Bonnie Tyler, weißt du das noch?", Martina lächelt und dreht ihr Glas in ihrer Hand.

„Du warst stinksauer und bist beleidigt ins

Badezimmer gerannt und hast dir das stinkige Haarspray ausgewaschen." Wir müssen beide lachen.

Im Hintergrund läuft jetzt Joy Division.

„Irgendwie war das eine schreckliche Zeit", sagt Martina und sieht mich traurig an. Ihre Augen sind glasig, die Lippen haben sich vom Rotwein blau verfärbt.

Das Gefühl von damals ist wieder ganz real. Die großen Hoffnungen, dass irgendetwas passieren würde. Jedes Wochenende glaubten wir daran.

Bei dieser Erinnerung sehe ich mich den ganzen Abend in der Disco am Zigarettenautomaten gelehnt neben den Toiletten stehen und ich spüre, wie mir die Füße schmerzen vom Rumstehen auf dem harten Steinboden in den engen Pumps.

„Tom war ein Menschenfänger", sagt sie mit eisiger Stimme und sieht mich herausfordernd an. Sie holt tief Luft und wartet ein paar Sekunden, bevor sie weiter redet. „Ich meine, er war schon sehr vereinnahmend."

In meinem Kopf werden Bilder ein- und ausgeblendet wie in einer bunten Diashow. Gerne würde ich ihr widersprechen, aber beim Blick in ihr Gesicht schaffe ich es nicht.

„Wie meinst du das?", presse ich heraus.

Martinas Augen sind rot vom Weinen, die Wimperntusche ist verklebt. Hastig reibt sie sich mit der bloßen Hand übers Gesicht und verwischt die Mascara auf die Wange. Irgendwie sieht sie rührend aus mit den Tränenspuren auf der Backe.

„Ich meine, er konnte eben auch sehr egoistisch sein."

So habe ich Martina nie über Tom reden hören.

Martina war eine typische Gaby. So nannte man im Szene-Jargon die Freundinnen der schwulen Männer, die irgendwie asexuell wirkten. Jeder hielt sie für lesbisch, weil sie nie einen richtigen Freund hatte. Aber Martina war nicht lesbisch. Sie war nur schüchtern. Als wir elf waren, spielten wir in ihrem Kinderzimmer Vergewaltigungsspiele.

Martinas Mutter war geschieden und hatte einen Freund. Wir hörten sie beim Sex, auch tagsüber, wenn wir nebenan unsere Hausaufgaben machten oder spielten. Martinas Mutter war ganz anders als meine Mutter in ihrer Kittelschürze und blickdichten Nylonstrümpfen. Unter ihrem Seidenmorgenmantel trug sie nichts und der ganze Körper war nahtlos Solarium gebräunt. Mich beeindruckte das sehr.

Obwohl ihre Mutter so freizügig war, war Martina verklemmt und verhielt sich wie ein

Mauerblümchen. Für eine kurze Zeit waren sie und Tom ein Paar. Es muss zu dieser Zeit gewesen sein, als Tom herausfand, dass er schwul war.

Der Rotwein steigt mir in den Kopf. Oder ist es das, was Martina gerade gesagt hat, was mich schwindlig macht? Seit dem Frühstück habe ich nichts mehr zu mir genommen und mein Magen knurrt seit Stunden.

„Ich finde es gut, dass du trotzdem gekommen bist."

Sie zuckt mit den Schultern.

„Ja, wahrscheinlich ist es gut", sagt sie lächelnd.

„Ich bin froh, dass ich gekommen bin." Ich reiche ihr ein Taschentuch.

„Hier, du bist ein bisschen verschmiert unter den Augen." Wortlos trocknet sie ihre Tränen.

Jemand hat das Tape gewechselt und wir hören seichten R&B. Die Stimmung wird heiterer, die Gäste reden laut. Ab und zu hört man kurzes, schrilles Gelächter. Ich schaue mir die Leute an und denke, dass Tom zu den wenigen Menschen gehörte, die mich am besten kannten und wusste, wer ich einmal war.

„Lass uns auf Tom trinken", sagt Martina. Wir nicken uns zu, trinken auf Tom. Am Rand unserer

Gläser bleibt die Spur unserer Lippenstifte.

Silke steht mit zwei jungen Männern am Buffet und schielt schon die ganze Zeit zu uns herüber. Jetzt winkt sie in unsere Richtung und kommt zu uns.

„Hallo ihr beiden. Wie geht's? Ich wollte dich schon auf dem Friedhof ansprechen, Alex", sagt sie an mich gewandt. „Deine Worte am Grab", sie spreizt ihre beringten Finger und legt sie auf die linke Brust, „haben mich echt gerührt. Vor so vielen Leuten und dann noch in so einer Situation, ist es ja echt nicht leicht was zu sagen." Sie tätschelt meine Schulter und sieht mir dabei tief in die Augen. Dann schüttelt sie erst meine und dann Martinas Hand, als wären wir bei einem Bewerbungsgespräch. „Die Idee mit den Blüten war auch genial. Viel schöner als nur Erde in die Grube zu schmeißen. Bist du darauf gekommen?"

„Nein, das hat Roswitha gemacht", antworte ich.

„Die arme Frau", flüstert sie. „Das muss furchtbar sein. Jetzt ist sie ganz alleine. Oder hat sie noch Familie irgendwo?"

Ich zucke mit den Schultern. Jetzt über Roswithas traurige Situation zu reden, habe ich keine Lust. Mir kommt das unpassend und irgendwie verlogen vor, auch wenn Silke das nicht so meint.

Aber was bleibt uns zu sagen außer Floskeln. Wenn ich jetzt bestätige, dass Roswitha keine Angehörigen mehr hat, wird Silke bestimmt noch entsetzter sein, aber was bringt das schon.

„Lass uns mal zu ihr rübergehen", schlage ich vor und deute mit einem Kopfnicken zu Roswitha.

Wie auf dem Sprung sitzt sie auf dem äußersten Ende der Stuhlkante und presst die Knie zusammen. Ihre Tasche hat sie griffbereit auf dem Boden neben dem Stuhl stehen.

„Na, ihr Mädchen", sagt sie tief Luft holend, als wir sie begrüßen, steht auf, zieht sich ihre Bluse zurecht und lässt sich von Silke fest umarmen.

„Mein Beileid, Frau Hoffmann", sagt Martina artig und gibt Roswitha zaghaft die Hand.

„Danke dir, Martina. Schön, dass ihr gekommen seid. Es ist wirklich schön, dass Tom so viele Freunde hatte. Das wusste ich gar nicht." Wir lächeln und nicken, die Blicke auf Toms Portrait gerichtet, das neben einem großen Blumenstrauß auf dem Tresen steht. Es ist eines der letzten Fotos von ihm und zeigt sein Gesicht als Nahaufnahme im Profil. Es ist überbelichtet, was seine Haare golden und die Haut weiß und jung aussehen lässt. Silke wiederholt noch einmal, wie schön sie die Idee mit den Blüten fand. Martina fragt, ob sie immer noch in der alten Wohnung lebt und rühmt das Schanzenviertel als gute Wohngegend. Wir reden über die berührende Rede des Pfarrers und dass der Friedhof doch ganz schön sei, auch wenn er nicht zentral gelegen ist.

„Habt ihr von dem Kuchen gegessen? Nehmt euch was mit, wenn ihr geht, habt ihr gehört?"

„Ja, der ist wirklich lecker, Frau Hoffmann. Haben Sie den gebacken?"
Roswitha reagiert nicht auf Martinas Frage. Ungeduldig zupft sie an ihrer Bluse herum und sieht sich ständig um, als erwarte sie jemanden.

„Das Rumstehen ist auf Dauer ein bisschen anstrengend. Sollen wir uns nicht wieder hinsetzen?", sage ich zu ihr und fange ihren Blick auf.

„Ja, gerne", sagt sie sichtlich erleichtert, dass ich ihr das anbiete, „ich bin ja den ganzen Tag schon gestanden."
Ich entschuldige uns, und wir setzen uns in eine stille Ecke, wo uns niemand im Blickfeld hat.

„Lange bleibe ich nicht mehr. Ich bin todmüde. Aber du kannst ja noch bleiben", sagt sie sofort als wir sitzen und lehnt ab, als ich ihr anbiete, noch etwas zu trinken zu holen. Sie kramt in ihrer Tasche und drückt mir einen Stapel Fotografien in die Hand. „Hier, vielleicht kannst du damit was anfangen. Das soll mal nicht weg kommen, wenn ich nicht mehr bin." Unsicher, was ich damit machen soll, blättere ich unbeholfen durch die Bilder. Ich bin gerührt. Die meisten Fotos habe ich gemacht. Vor vielen Jahren. Es sind schwarz-weiß Fotografien aus der Zeit, als Tom und ich zusammenwohnten, die ich selbst in meiner eigenen Dunkelkammer geprintet hatte. Wir waren siebzehn oder achtzehn Jahre alt. Auf einem der Fotos sitzen wir beide ganz eng zusammen, sehen aus wie ein Geschwisterpaar und blicken ganz zuversichtlich in die Kamera. Das muss mit einem Selbstauslöser aufgenommen worden sein in Toms Zimmer, wahrscheinlich im Jahr 1980, rechne ich aus.

Ich finde, dass ich sehr kindlich aussehe, ein bisschen pausbackig und verschlafen. Tom hingegen hat die Augenbrauen und Wimpern dunkel geschminkt und seine Lippen glänzen vom Lipgloss, den er extra für die Aufnahme aufgetragen haben muss. Seine Haare sind mit Gel gestylt, helle Bartstoppeln umspielen das Kinn. An die Frisur, die ich trage, einen kurzen Fransenschnitt, der knapp die Ohren bedeckt, kann ich mich nicht mehr erinnern, aber die dunkle Bluse mit weißen großen Knöpfen, die ich über einem hellen T-Shirt trage und Toms geblümtes Hemd, das er sich selbst geschneidert hatte, erkenne ich wieder. Meinen Kopf halte ich etwas geneigt, die rechte Seite meines Gesichts liegt im Schatten, so, wie Toms rechte Seite im Schatten liegt. Die Bildschärfe ist auf Tom gerichtet, doch insgesamt ist das Bild unscharf, als sei es mit einem Weichzeichner fotografiert. Ich lächle ganz leicht und schmiege mich ganz sanft an Toms Schulter. Tom hält seine Hand unter das Kinn, wie er es so oft gemacht hat und blickt selbstbewusst in die Linse. Es ist das schönste Foto, das es von uns beiden gibt.

Damit es in ihre Handtasche passt, hat es Roswitha einfach gefaltet. Den Falz, der sich genau in der Mitte zwischen Tom und mir durch das Bild zieht, wird man nicht mehr rückgängig machen können. Ich bin entsetzt, wie unachtsam sie damit umgeht, sage aber nichts. Sie hat es gut gemeint.

Wir reden noch über die Fotos und ich erkläre ihr, wo und wann die Bilder entstanden sind. Fast alle Fotos habe ich fotografiert, die Leute, die darauf abgebildet sind, kenne ich ausnahmslos. Dann will sie endlich gehen. Ich bedanke mich, dass sie mir die Fotos überlässt und verspreche ihr, dass ich sie in Ehren halten werde.

08

Mein Hotel liegt in einer kleinen Straße in St. George, rundherum gibt es nur Sex-Kinos und heruntergekommene Bordelle. Das Zimmer ist akzeptabel, klein, sauber, mit rotem, abgelaufenem Teppichboden. Nur der Geruch von Desinfektionsmittel ist so penetrant, dass ich mich kaum traute, die Luft einzuatmen, als ich das Hotel betrat. Ich stellte nur meinen Koffer ab und bin ohne zu duschen los.

Als die Gäste sich alle verabschieden, bin ich froh, dass Silke und Martina noch einen Absacker irgendwo nehmen wollen. Wir helfen noch beim Aufräumen, sammeln die Gläser ein, tragen die Klappstühle in den Keller und ziehen los.

Am Himmel hängt ein diffuser Mond, als wir zu dritt die Straße hinunter laufen. Ein feiner Regen nieselt auf meine Haut. Wir reden über die Trauerfeier. Wer alles gekommen ist, wen wir vermisst haben. Silke hüpft über die Pfützen auf dem engen Trottoir. Martina hakt sich bei mir ein und es fühlt sich an wie damals, als wir jung waren und noch nicht ahnten, wie sehr wir uns verändern würden. Mit einem Lächeln sehe ich zu den beiden hoch und will gerade etwas sagen und der Augenblick ist verflogen.

Die Häuser haben neue Fassaden, kleine Balkone sind an den Außenwänden angebracht, den Stuck hat man abgeschlagen. Ganze Straßenblöcke sind komplett saniert, neue Häuser wurden hochgezogen, verstellen den Blick. Wie es vorher hier aussah weiß ich kaum noch, dabei bin ich unzählige Male in dieser Straße gewesen. Den Club, in dem Tom eine Zeitlang gearbeitet hat, suche ich vergeblich, das Schanzenviertel ist nicht mehr wiederzuerkennen. Wenn ich nicht wüsste, dass es nicht immer so aussah wie jetzt, könnte ich mir nichts anderes vorstellen. Ich würde alles akzeptieren und als unveränderlich begreifen.

„Lasst uns zu Daniela gehen", schlage ich vor und erinnere mich an den verrauchten Laden, in dem Independent Musik gespielt wurde, kuriose Leute rumhingen und das Bier billig war.

„Die Bar gibt es schon lange nicht mehr", sagt Silke und läuft mit schnellem Schritt voraus. „Mal sehen, was heute überhaupt noch auf hat."

„Auf die hippen Cocktailbars habe ich aber keine Lust", motzt Martina und humpelt in ihren unbequemen Ausgehschuhen einen Meter hinter uns her.

Der Regen ist stärker geworden und wir stellen unsere Krägen auf. Silke kramt einen Schirm aus ihrer Tasche und öffnet ihn umständlich. Wir stellen uns an eine Wand, den Schirm wie ein kleines Dach über unseren Köpfen. Neben uns, am Eingang einer Bankfiliale, hat sich ein Obdachloser ein Lager eingerichtet. Auf einem leeren Bierkasten liegt eine Decke, auf der Tassen, Teller, Flaschen und Dosen ordentlich aufgereiht sind. Seine Schuhe stehen neben der Matratze auf einem Fußabtreter, auf dem „Welcome" steht. Ein scharfer Gestank weht uns entgegen.

Eng aneinander geschmiegt rennen wir zur nächsten Kneipe, an der ein zerbeultes Astra-Schild hängt und blinkt. Eine schmale Treppe führt in einen kleinen Raum mit warmem Licht. Drei Männer sitzen wie in einem Kaurismäki-Film an der Theke und trinken Flaschenbier. Lounge-Musik läuft, die Barfrau tut so, als sei sie beschäftigt und sieht uns nicht an. Wir nehmen den größten Tisch. Ich gehe gleich zur Bar und bestelle drei Biere und eine Runde Wodka.

„Und was machst du so? Was ist passiert in all der Zeit?", fragt Silke und greift nach den Salzstangen, die in einem alten Senfglas auf unserem Tisch stehen. Martina möchte nicht reden oder sie fühlt sich nicht angesprochen. Jedenfalls sieht sie nicht auf und dreht mit ihren Fingern versonnen in den Haaren. Ich erzähle von meiner Arbeit im Behindertenheim und von Børre. Meine künstlerische Arbeit erwähne ich nur nebenbei, als sei's nicht so wichtig. Aus Erfahrung weiß ich, dass es für Außenstehende merkwürdig klingt, dass ich so viel Energie und Geld in meine Arbeit stecke und kein Mehrwert entsteht.

Børre interessiert die beiden und sie wollen mehr über ihn wissen, also zeige ich ihnen ein paar Fotos, die ich auf meinem Smartphone habe. Das erste Bild zeigt ihn am Ostseestrand vor vier Jahren. Es ist eine Ganzkörperaufnahme. Er trägt Shorts, ein ärmelloses T-Shirt und sieht dicker aus als jetzt. Damals trieb er keinen Sport, aber seit er die Vierzig überschritten hat, achtet er auf seine Figur und geht regelmäßig ins GYM.

„Das ist nicht so gut."

Ich will das Foto schnell wegwischen.

„Ach, lass mich doch mal sehen!"

Martina nimmt mir das Handy aus der Hand und starrt lange auf das Display. Dann gibt sie mir das Handy zurück, ohne etwas zu sagen.

Ich suche nach einer besseren Aufnahme. Mein

Lieblingsfoto von Børre zeige ich den beiden nicht. Es ist eigentlich ein misslungenes Bild. Ich habe es in unserer Wohnung aufgenommen, als Børre schlief. Es war früh am Morgen, mit einer Tasse Kaffee in der Hand stand ich in unserem Schlafzimmer und betrachtete ihn, wie er nackt auf dem Rücken lag, sein Glied leicht erregt. Ein tiefblauer Himmel strahlte hinter den Vorhängen und als ich sie vorsichtig beiseiteschob, das Fenster öffnete, war das Licht perfekt. Ich holte meine Kamera und als ich den Auslöser drückte, öffnete Børre die Augen und sah mich an. Das Foto ist überbelichtet und verwackelt, aber der Augenblick, als mir Børre direkt in die Augen sieht, gerade noch in seiner eigenen Welt, hat etwas Magisches.

„Hier, so sieht er jetzt aus."

Das Foto, das ich ihnen zeige ist ein Portrait, auf dem er einen Dreitagebart trägt und besonders männlich aussieht.

„Sieht gut aus."

„Ja, sympathisch", ergänzt Silke.

Ich stecke das Handy wieder in meine Hosentasche und esse die restlichen Salzstangen, die Silke übrig gelassen hat.

„Aber Kinder hast du nicht?"

Es muss eine rhetorische Frage sein, beide wissen, dass ich kinderlos bin. „Recht hast du", betont Silke, ohne meine Antwort abzuwarten. "Kinder sind überbewertet. Klar, man liebt sie, wenn man sie hat, aber wenn ich ehrlich bin, muss ich zugeben, dass man auch ohne Kind gut lebt."
Darauf erwidern weder Martina noch ich etwas. Ich als Nicht-Mutter gebe mich demütig.

„Und wie geht es deiner Tochter?"
Von Roswitha weiß ich, dass Silke ein farbiges Kind hat. Über den Vater wusste Roswitha nichts, aber das Mädchen sei ein ganz hübsches Kind, betonte sie.

„Na ja, die ist ja jetzt schon fast erwachsen. Ulma hat schon ihr Abitur gemacht."
Silke blickt sich in der Bar um.

„So groß ist die schon?"

„Neunzehn. Gerade macht sie mit ihrem Freund eine Weltreise."
Es ist nicht auszumachen, ob Silke stolz oder resigniert klingt.

„Sie hat einen Freund, wie süß", sage ich und frage mich, wie Silke das finanziert.
Über Geld haben wir früher nie gesprochen. Das Ausmaß von Herkunft und sozialen Privilegien kannte ich noch nicht. Es bedeutete nichts, dass Silkes Vater in einem Büro arbeitete, während

sich mein Vater dreckige Hände machte. Sie hatte ein eigenes rosa Zimmer, dafür achteten meine Eltern nicht darauf, wie lange ich abends ausblieb.

Silkes extravaganten Stil fand ich übertrieben. Sie war immer die erste mit den neuesten Klamotten. Als alle noch glaubten, weite Bundfaltenhosen würden nie modern, trug sie längst ausgestellte Reiterhosen. Wo sie diese Sachen her hatte, war mir ein Rätsel, aber, dass sie sündhaft teuer waren, konnte man sehen. Ihre Distinguiertheit war bemerkenswert.

Als Kind machte es mir nichts aus, aber vergessen habe ich es nicht, als ihr Bruder, der schlechtere Noten hatte als ich, die Empfehlung für das Gymnasium bekam. Ich sollte auf die Realschule gehen. Niemand hat sich beschwert. Es war ganz normal, dass Akademiker- und Ärztekinder auf eine höhere Schule kamen und die Arbeiterkinder eben nicht. Entschieden wurde das nach der vierten Klasse, da waren wir gerade mal zehn Jahre alt.

Silke trägt einen gepflegten Pagenschnitt, wie ihn damals ihre Mutter im selben Alter getragen hat. Ihr Lachen ist immer noch einnehmend. Das hat sie geerbt. Lernen kann man so etwas nicht. Wie frisch und aufgeräumt sie wirkt. Wahrscheinlich sähe Silke selbst in schlechter Kleidung noch gut aus, sie hat Charme und Stil wie andere Leute gute Zähne.

Ein neuer Gast mit Schnauzbart und ausgewaschener Militärjacke wie Horst Schimanski, kommt herein und klopft zur Begrüßung dreimal mit der Faust auf die Theke. Bevor er sich zu seinen Kumpeln gesellt, schaut er zu uns herüber und hebt seinen Hut. Martina und ich ignorieren den Typen und schauen in die andere Richtung.

„Und was macht dein Sohn?", wende ich mich an Martina, um auch ihr die Chance zu geben, über ihr Kind zu reden.

Sie zuckt mit den Schultern.

„Er muss eine Klasse wiederholen. Ehrlich gesagt, bin ich froh, wenn er sein Abitur überhaupt schafft."

„Vielleicht kommt das noch. Ist doch auch ganz sympathisch, wenn jemand nicht so streberhaft ist", lenke ich ein, aber Martina winkt ab. Am liebsten würde er den ganzen Tag im Schlafanzug in der Wohnung herum lümmeln und sei stinkfaul.

„Leider", sagt sie, „kommt er mehr nach seinem Vater."

Zu ihm hat Martina keinen Kontakt mehr. Der sei so unzuverlässig, dass sie besser ohne ihn auskommt. Mittlerweile sei er ausgewandert, lebe auf einer Insel in Thailand oder in Indien, so genau weiß sie das nicht. Dessen Eltern, die für sein Verhalten immer Entschuldigungen finden, laden Leon regelmäßig zu teuren Urlauben ein, die Martina ihrem Sohn nicht bieten kann.

Früher wollte Martina nie Kinder. Kinder kriegen fanden wir alle langweilig und reaktionär. Doch dann wurde sie schwanger und freute sich. Ob der Vater sich um das Kind kümmern würde und welche Rolle ihm zukam, schien unwichtig, sie tat einfach, als sei es schon immer ihr Plan gewesen, ein Kind zu bekommen.

Damals fühlte ich mich wie eine Außenseiterin. Ganz ohne Vorwarnung und Diskussion war mit ihr etwas passiert, von dem ich nichts mitbekommen hatte.

„Erinnerst du dich? Als wir dreizehn oder vierzehn waren, hast du immer gesagt, du willst erst Kinder, wenn du vierzig bist."

„Tatsächlich, hab ich das?"

Ich erinnere mich nicht, das jemals gesagt zu haben.

Silke geht raus zum Rauchen. Eigentlich hätte ich jetzt auch Lust auf eine Zigarette, finde es aber unhöflich, Martina, die nicht raucht, allein zu lassen.

„Nein, danke", sage ich höflich, als Silke mir eine Zigarette anbietet.

„Wenn die Tussi vorbeikommt", sagt sie schon halb im Gehen mit der Zigarette im Mund, „bestellt mir noch was zu trinken, ja?", den teuren Mantel über dem versifften Fußboden hinter sich herziehend.

Als sie an der Theke vorbeikommt, säuselt ihr der Schimanski Kerl, der die ganze Zeit zu uns starrt, etwas zu. Silke bleibt stehen und quatscht mit dem Typen.

„Hast du aufgehört mit dem Rauchen?" fragt mich Martina.

„Schon lange", lüge ich und beobachte, wie Silke sich vor dem Mann aufbaut, ihre Hüfte zur Seite kippt und ihr Becken vorschiebt.

„War eine nette Feier, nicht wahr?", sagt Martina und sieht zu Silke, die laut lacht und einen Tequila kippt.

„Ja, finde ich auch."

Beide können wir die Augen nicht von Silke lassen.

„Hast du noch mit den Leuten von damals was zu tun?", frage ich Martina und versuche, mich an die Namen derer zu erinnern, mit denen wir zusammen zur Schule gingen, aber mir fällt keiner ein.

„Mit ein paar schon. Man sieht sich halt so. Eher zufällig. Letzten Sommer habe ich Olaf und Bertram auf Rügen besucht, die mieten sich dort jedes Jahr dasselbe Apartment, ganz nahe am Strand. Das war anstrengend", stöhnt sie. Ich entsinne mich der beiden. „Bertram hat seinen Job verloren und wird in der Modebranche wohl nichts mehr finden. Mit fast fünfzig ist er zu alt und hält diesen Stress auch nicht mehr aus." Wie das fünfte Rad am Wagen habe sie sich gefühlt, sei die meiste Zeit alleine am Strand spazieren gegangen trotz Kälte und Regen. „Die sind spießiger als jedes Hetero-Paar, sag ich dir." Martina verdreht die Augen. Warum sie sich das immer wieder antut, frage ich mich.

Olaf war schon immer latent misogyn. Sein angewidertes Gesicht werde ich nie vergessen, als er sich über Martina, die eine Zeit lang mit ihm zusammen wohnte, empörte. „Immer entsorgt sie ihre Tamponhüllen nicht richtig und lässt diese Dinger in der ganzen Wohnung herumfliegen", lästerte er über sie. Sein Ekel und seine Wut über kleine Zellophanhüllen waren völlig übertrieben. Dahinter steckte eine fundamentale Abscheu gegen Frauen, die er sich selbst nie eingestanden hat.

Ich lächle sie hilflos an.

Mein Kopf fängt an zu schmerzen. Martinas monotoner Tonfall deprimiert mich. Ich wünschte, ich wäre mit Silke rauchen gegangen und fühle mich schlecht und gemein, dass ich das denke.

„Ich geh mal kurz aufs Klo", entschuldige ich mich und schwanke zu den Damentoiletten.

Als ich zurückkomme, sitzt Silke mit einem Cowboyhut auf dem Kopf neben Martina und redet auf sie ein.

„Tom ging´s doch gut, so lange er gesund war", raunt sie und rülpst in ihr Glas. Mit dem Hut sieht sie aus wie Farrah Fawcett in "Drei Engel für Charlie". Sie kann nichts entstellen.

„Sein Geschäft lief doch gut oder nicht?" Silke war schon immer das Materialgirl, denke ich und stütze meinen Kopf in die Hände.

„Aber einen Freund hatte er nicht. Vielleicht hat er sich eine Beziehung gewünscht", sagt Martina und sieht mich mit großen Augen an.

Niemand erwidert etwas und es ist ganz still in der Bar. Selbst die drei Typen haben aufgehört zu reden, die Barfrau ist im Keller verschwunden, um ein neues Fass anzuzapfen.

„Wisst ihr eigentlich, was mit diesem Sasha passiert ist? Ich hab den gar nicht mehr auf der Feier gesehen", will Martina wissen und wir schütteln mit dem Kopf.

„Der hat sich bestimmt nicht getraut, sich da blicken zu lassen. War schon schlimm genug, dass er zur Beerdigung kam und so eine Show abzogen hat." Silke wirft ihre Haare über die Schultern und blinzelt zur Bar.

„Ich glaube, Tom ist nie über ihn hinweggekommen", resümiert Martina und trinkt ihr Bier in einem Zug aus. Die Männer an der Theke lachen laut.

Von unserem Streit habe ich den beiden nie erzählt.

Ich leitete einen Workshop und war einen Monat in Norwegen, wo Tom mich besuchen kam. Fünf Tage wohnten wir zusammen in meinem Zimmer, das ich gemietet hatte, und schliefen auf der ausgeleierten Bettcouch nebeneinander. Es regnete ununterbrochen und man konnte nicht viel unternehmen in dieser langweiligen Stadt. Tagsüber musste ich arbeiten, Tom hing die ganze Zeit in meinem Zimmer herum, hörte Musik und rauchte Zigaretten. Die Stimmung war angespannt, ich war gestresst und hasste es, an diesem Ort zu sein.

An einem Sonntag machten wir einen Spaziergang. Ich zeigte ihm meinen Lieblingsweg, der steil und unbequem einen schmalen Waldpfad entlang führte. Es war ein nasser Tag, der Boden war durch den anhaltenden Regen aufgeweicht und rutschig. Tom hatte nur leichte Sneaker an und war schnell erschöpft. Wir mussten oft eine Pause machen, weil er kleine Steinchen in den Schuhen hatte. Moosbedeckte Nadelbäume standen am Wegrand. Trotz Regen und Kälte waren Jogger unterwegs. Totes Laub lag hoch am Rande unseres Weges und als wir den Gipfel erreichten, schien die Sonne durch die gelben Äste.

Unser Rückweg war unbeschwerlicher. Das lange Laufen, die frische Luft machten uns frei und Tom fing an, mir von seinem Liebeskummer zu erzählen. Ich wusste, dass Sasha Tom ständig betrogen hatte und konnte es nicht fassen, dass er so jemandem nachtrauerte.

Die Sonne ging unter, es wurde kühler und Nebel zog auf. Vorsichtig wanderten wir den Abhang hinunter. Ein klarer Bach folgte unserem Weg der Felswand entlang.

Ich zeigte wenig Verständnis für seinen Schmerz und Tom warf mir vor, arrogant und selbstgerecht zu sein. Am nächsten Morgen packte er seine Sachen und reiste ab.

„Ich hab' mir gleich gedacht, dass das nicht gut geht, als die zusammen kamen. Sasha sah zwar gut aus, aber eigentlich war er doch stinklangweilig." Silke zieht die Nase hoch. Manchmal versucht sie, sich einen prolligen Touch zu geben, weil sie das cool findet.

„Richtig warm bin ich mit ihm auch nie geworden", gibt Martina zu und lässt die Schultern hängen. „Meint ihr, Sasha hat ihm das Herz gebrochen?"
Silke lacht laut auf.

„So ein Quatsch. Das ist doch Jahre her. Wahrscheinlich wollte Tom keine feste Beziehung. Das passte doch gar nicht zu ihm." Sie schnippt eine Erdnuss in Richtung Bar.

„Kann gut sein. Aber er wirkte unglücklich", sagt Martina nach einer Pause.

„Unglücklich? Was meinst du damit?", will ich wissen.

„Manchmal hatte ich das Gefühl, dass es nicht der Krebs war, der ihn so krank machte."
Silke verdreht die Augen und schleudert noch eine Nuss in Richtung Bar.
Ich erwidere nichts und fühle mich mies.
Ich will daran glauben, dass Tom einfach so, weil er Pech hatte, weil die Welt ungerecht ist, Krebs bekam. Scheiß auf Krankheit als Metapher. Auch

glückliche Menschen werden krank und sterben.

„Darf ich mich zu euch setzen?", lallt der Typ, dessen Hut auf Silkes Kopf sitzt, und lässt sich neben Silke nieder.

Er glotzt sie an, als sei sie von einem anderen Stern.

„Entschuldige. Du störst."

Martina rückt angewidert mit ihrem Stuhl von ihm weg. Er reagiert nicht und starrt auf Silkes Busen. „Hallo!", versucht sie es nochmal. „Hast du nicht gehört. Wir wollen unter uns sein. Also bitte, setz dich wieder zu deinen Kumpels an die Bar, okay?"

Er wendet seinen Kopf in Silkes Richtung und versucht, sie in seinen Fokus zu bekommen.

„Willst du das auch, Mädchen?", säuselt er dann Silke ins Gesicht, die dasitzt, als ginge sie das alles nichts an.

„Ja, klar will sie das", sage ich, „verpiss dich einfach."

Er braucht ein paar Sekunden, bis die Message bei ihm ankommt, dann steht er auf und grabscht nach Silkes Busen. Sie wehrt seine Hand gerade noch ab.

„Lass das", sagt sie ganz ruhig, als rede sie mit einem trotzigen Kleinkind.

Sofort lässt er seine Hände schwer auf den Tisch fallen, legt seinen Kopf zwischen die verschränkten Arme und schläft an unserem Tisch ein.

Silke winkt der Barfrau und bestellt noch eine Runde. Wir rücken unsere Stühle enger zusammen und heben die Gläser.

„Auf Tom", sagen wir fast gleichzeitig und stoßen hart an.

Wir sind die letzten Gäste in der Bar. Die Musik ist aus, die Barfrau fängt schon an, die Kasse zu machen.

„So, Mädels", ruft Silke, nimmt den Cowboyhut ab, legt ihn auf den schlafenden Mann und richtet sich ihre Frisur. „Ich muss jetzt. Du hast meine Nummer, Alex? Wir müssen unbedingt in Kontakt bleiben, hörst du? Und denk daran: was im Herzen geschieht, geschieht einfach."

Sie zeigt mit dem Zeigefinger auf mich, als ziele sie mit einer Pistole direkt in meine linke Brust und lacht. Dann steckt sie ihre Haare unter eine dicke Wollmütze und verwandelt sich in ein kleines, unscheinbares Mädchen.

Martina und ich bleiben.

„Silke ist immer so selbstbewusst und sicher", sagt Martina als wir nur noch Silkes kräftiges

Chanel Parfüm riechen.

„Findest du?"

„Na ja, schon. Aber sie kann es sich auch erlauben. Sie musste ja noch nie wirklich arbeiten und sich von niemandem bevormunden lassen", sagt sie resigniert und zupft an ihrem Pony.

„Was machst du denn beruflich?", frage ich sie. Ich will nicht über Silke herziehen, mir ist gerade ganz warm ums Herz und mich interessiert aufrichtig, womit Martina ihren Unterhalt bestreitet.

„Scheiß Thema", sagt sie, wieder lebhafter geworden und winkt ab. „Mir geht mein Job total auf die Nerven. Ich bin dafür einfach nicht geschaffen, den ganzen Tag im Büro zu sitzen. Ich muss Menschen sehen und mit ihnen reden können. Da bin ich gut drin. Ich hasse es, E-Mails zu schreiben und alles schriftlich zu erledigen. Das ist mir einfach zu anonym und unmenschlich. Außerdem will ich nicht mehr in der Gegend herum fahren und ständig in langweiligen Hotels wohnen irgendwo in der Pampa. Ich will lieber abends nach Hause kommen und im eigenen Bett schlafen. Ehrlich gesagt, scheiß ich auf Karriere und will einfach einen ruhigen Job."

„Klingt doch ganz vernünftig."

„Vernünftig. Du bist gut." Ihre Stimme hat einen verächtlichen Ton. „Du hättest mal diesen

Typen, den Chef oder Personalchef, was weiß ich, erleben sollen. Das war grässlich. Wie der über Frauen geredet hat. `Ich bin ja sehr dafür, ältere Frauen einzustellen, da kann man sich wenigstens sicher sein, dass die nicht gleich in Schwangerschaftsurlaub gehen`", äfft sie ihn nach und ich muss fast lachen, wenn es nicht so traurig wäre. „Das hat der echt gesagt bei meinem Vorstellungsgespräch und erwartet, dass ich das witzig finde und mit lache. Der hat die ganze Zeit nur über sich geredet und meine Qualifikationen total runter gemacht. `Eigentlich suchen wir jemanden mit Masterabschluss und Auslandserfahrungen, aber ihre Bewerbung hat mir so gut gefallen, so kreativ und ausgefallen, da bin ich richtig neugierig auf Sie geworden`", macht sie den Personalchef nach, verdreht die Augen und schiebt ihren Finger in den Mund, um eine Kotzgeste zu demonstrieren. „Ich ertrage solche Typen echt nicht mehr."

„Dann lass es doch", versuche ich einzulenken.

„Ja, klar", lacht sie schrill und wischt eine Träne von der Wange.

„Nein, im Ernst. Das hast du doch nicht nötig. Niemand hat das nötig, sich so behandeln zu lassen."

„Du hast gut reden. Von irgendwo muss ja das Geld herkommen." Mit ihren nassen Wimpern sieht sie jetzt aus wie eine abgetakelte Filmschauspielerin und ich würde sie gerne fragen, welchen Eyeliner sie benutzt, denn der sitzt wie frisch gezogen. „Ich verstehe wirklich nicht, wie du mit so wenig auskommst. Ich schaff das nicht." Sie zählt auf, was sie alles jeden Monat zu bezahlen hat. Selbst ohne Auto würde sie nicht viel sparen, rechnet sie mir vor. „Ab und zu muss ich mir auch was gönnen. Dann kauf ich mir halt eine Augencreme für fünfzig Euro. Das ist mir dann auch egal. Ich brauch das." Umständlich klemmt sie sich die Haare hinters Ohr und setzt sich ganz aufrecht vor ihr leeres Glas.

„Ich fahr alles mit dem Fahrrad", erwidere ich kleinlaut, „ein Auto brauche ich ja nicht in der Stadt."

„Ich verstehe echt nicht, wie das geht", wiederholt sie ohne auf meinen Kommentar einzugehen. „Wozu machst du das denn? Deine Kunst mein ich? Du musst doch da ein Ziel haben, irgendwohin kommen damit?"

Ich überlege, was ich darauf antworten kann. Ich weiß, dass es pathetisch klingt, wenn ich über meine Motivation und meine Arbeit rede. Ich bin Künstlerin geworden, nicht weil ich mich auserkoren fühle, besonders begabt oder mehr zu sagen habe als andere Menschen. Ich will aber etwas tun, was mir wichtig ist. Etwas, dass ich mit meiner Seele tue, das ich ehrlich meine. Vielleicht hätte ich auch Lehrerin werden können. Aber es muss ehrlich sein.

„Eigentlich geht es mir mehr darum, wie ich lebe und dass ich möglichst frei sei kann", sage ich wie selbstverständlich und drehe mein leeres Glas zwischen Daumen und Zeigefinger hin und her.

Martina sieht mich mit großen Augen an.

„Aber Geld brauchst du ja auch. Willst du nicht mit dem, was du machst, auch was verdienen?"

„Klar will ich das. Aber ich bin realistisch und erfahren genug, um zu wissen, dass das nicht unbedingt passiert. Das klingt verrückt", lalle ich, „aber ich mach es trotzdem."

Für eine Weile sagen wir nichts.

„Manchmal erinnerst du mich echt an Tom. Der hat früher auch so geredet."

„Findest du?"

„Ja, er war auch so kompromisslos und eigensinnig. Er wollte sich auch von niemandem Vorschriften machen lassen."

Die Barfrau, die inzwischen zutraulich ist,

spendiert uns einen letzten Drink. Gerne hätte ich Martina noch gefragt, was sie damit meint, wie Tom und ich uns ähneln, aber wir sind schon bei einem anderen Thema und stoßen mit der Kellnerin ein letztes Mal an.

Wir helfen ihr, den Cowboy Typen raus zu befördern und nach dem allerletzten Absacker verlassen wir die Kneipe, die Barfrau zwischen uns eingehakt.

ROSWITHA

01

„Und was passiert jetzt mit Toms Wohnung und all seinen Sachen?", fragt Sasha und schiebt sich das letzte große Stück Käsekuchen in den Mund.

Zu dritt sitzen wir in Roswithas Küche.

„Ach", seufzt sie, schenkt Kaffee nach und zuckt mit den Schultern. „Ich muss die Wohnung ausräumen und kündigen."

Sie stellt die Kaffeekanne auf einen Untersetzer, bückt sich zum Boden und nimmt Futzi auf den Schoß. Für ein paar Streicheleinheiten hält die Katze still und knurrt. Dann hüpft sie mit einem Satz von Roswithas Beinen und flitzt ins Wohnzimmer.

„Und du bist gekommen, um Roswitha beim Ausräumen zu helfen?", fragt mich Sasha immer noch kauend und schaut auf sein Handy. Ich nehme Roswitha die Kuchenteller aus den Händen und helfe ihr den Tisch abzuräumen.

„Die Tassen können wir ja noch stehen lassen, falls ihr noch mehr Kaffee wollt", richtet sie sich an Sasha.

„Ich helfe Roswitha ein bisschen mit dem

Papierkram, der so anfällt." Roswitha nickt mir zu und wischt die Krümel von der Tischdecke in ihre Handfläche.

Über meinen letzten Besuch im Krankenhaus haben wir nie gesprochen. Jedes Mal, wenn ich mir vornehme, sie darauf anzusprechen, scheitere ich. Es ist mir unmöglich, ihr einen Vorwurf zu machen oder sie zu kritisieren.

„Das ist ja schön", grinst er und schlägt sich auf seinen vollen Bauch. „Pah, bin ich satt. Der Kuchen war wieder zu gut, Roswitha."

Er tippt auf dem Display seines Handys herum, das er die ganze Zeit neben sich liegen hat und nicht aus den Augen lässt. Ich stehe auf und will beim Geschirr abtrocknen helfen.

„Lass mal Alex, ich mach das schon."

Sie fängt an, das Geschirr abzuwaschen. Die Sahnereste kratzt sie von den Tellern und wirft sie für die Katze in den Napf.

„Ich kenne da jemanden, der dringend eine Wohnung sucht. Soll ich den mal fragen, Roswitha?"

Ohne aufzublicken, wischt Sasha auf seinem Smartphone und lacht ab und zu.

Ich schnappe mir ein Geschirrhandtuch, trockne das Geschirr ab und stelle es gestapelt auf die Anrichte, damit sie es später einräumen kann.

Die Kaffeetassen haben alle ein unterschiedliches Design, nichts gehört zusammen. Meine Tasse ist mit dem Bild eines jungen Katzenpärchen bedruckt, auf der Tasse für Sasha ist ein ausgewaschenes Logo eines Abführmittels, das kaum mehr zu erkennen ist, ein Werbegeschenk einer Apotheke. Roswithas brauner Becher ist ohne Aufdruck. Der Henkel ist abgeschlagen, aber es ist ihr Lieblingsbecher, den benutzt sie immer.

„Ach, Sasha, lass mal. Im Moment kann ich an gar nichts denken."
Roswitha nimmt mir das Geschirr von der Anrichte und stellt es sorgfältig in den Schrank.

„Ich hab meinem Bekannten mal getextet, dass der Bescheid weiß. Ist ja kein Stress." Mit der rosa Serviette wischt er sich den Mund und steckt das Handy in seine enge Hosentasche. „Ich glaube, ich muss jetzt langsam."
Im Flur zieht er seine Schuhe an. Mit vollgestopften Plastiktüten kommt er zurück in die Küche. „Danke nochmals für die Klamotten, Roswitha."
Ich verspreche Sasha, mich zu melden, sobald ich das nächste Mal in Hamburg bin und weiß genau, dass ich es nicht tun werde. Er steht schon in der Tür, als er seinen Kopf in Roswithas Richtung beugt, um sie mit einem spitzen Mund auf die

Wange zu küssen. Sie dreht sich von ihm weg und drückt ihm leicht den Arm. Gerade noch hält sie die Katze davon ab, aus der Wohnung zu huschen und wirft die Tür schnell zu.

Am nächsten Tag steht er vor ihrer Tür, um den Fernseher, den DVD-Player und den Plattenspieler abzuholen. Danach taucht er nie wieder bei Roswitha auf.

02

Der Friedhof liegt still und leer bedeckt mit Schnee. Kein einziger Fußstapfen ist zu sehen, nur Spuren des Eichhörnchens, das auf dem Friedhof wohnt und das Roswitha oft beobachtet.

„Wenn es mich sieht, springt es in den alten Kastanienbaum und versteckt sich vor mir", sagt Roswitha und zeigt mit einer Kopfbewegung zu dem Baum, der mächtig in den Himmel ragt. „Die Nüsse, die ich gestern mitgebracht habe, sind restlos verschwunden. Wie so ein kleines Tier so viel fressen kann! Oder hat es ein Depot angelegt?"

Mit kleinen Schritten bahnen wir uns einen Weg durch den Schnee zu Toms Grabstelle.

Roswitha meint, so schön habe es hier noch nie ausgesehen. Zum ersten Mal, glaubt sie, es sei doch richtig gewesen, diesen Friedhof ausgesucht zu haben. Alle hatten ihr abgeraten, sich vom Bestattungsunternehmer überreden zu lassen, der behauptete, sie könne den Friedhof ganz einfach mit den öffentlichen Verkehrsmitteln erreichen, er sei nur drei Kilometer von ihrer Wohnung entfernt. Sein Angebot war günstig, dass er

Luftlinie meinte, hatte er verschwiegen. Mit dem Bus braucht Roswitha eineinhalb Stunden und muss zweimal umsteigen.

Fast drei Wochen hat es gedauert, bis man ihr mitteilte, dass die Asche nun bestattet werden könne. Bei der Verbrennung hätte sie nicht dabei sein wollen, sagt sie und die Vorstellung, dass nur noch ein Haufen Asche von ihm übrig ist, sei grausam.

Wir bleiben an einem Grab stehen schräg neben Toms.

„Die Frau kommt manchmal hierher. Das ist ihre Tochter. Aber jetzt habe ich sie schon lange nicht mehr gesehen."

Auf der kleinen Grabplatte steht "Claudia". Sie war so alt wie ich.

„Sie war ein Zwitter", sagt Roswitha. „Das hat mir die Frau gesagt. Weißt du, was das ist?"

„Hat sie wirklich Zwitter gesagt?"

Roswitha nickt.

„Sie meint wohl intersexuell", sage ich. „Das sind Menschen, die weder Mann noch Frau sind, die keine eindeutigen Geschlechtsmerkmale haben", versuche ich ihr zu erklären. Roswitha sieht mich ungläubig an. „Stell dir vor, du bist eine Frau, aber fühlst dich wie ein Mann."

„Oh Gott, das will ich mir nicht vorstellen." Sie

faltet die Hände und starrt auf den Grabstein.

„Weißt du, wie sie gestorben ist?"

„Nein", sagt Roswitha „das habe ich nicht gefragt. Das arme Mädchen."

Wir bleiben eine Weile stehen, ich richte die Vase auf Claudias Grab wieder auf, Roswitha nimmt die Blätter von der Erde. Schweigend gehen wir weiter zu Tom.

Frischer Schnee bedeckt die Grabplatte. Toms Name ist mit Geburts- und Todesjahr in goldener Handschrift in den Grabstein eingraviert. Auf einer kleinen Platte aus Marmor, kaum größer als ein Blatt Papier. Roswitha bückt sich und wischt den Schnee beiseite. Kniend hantiert sie an der mit Batterie betriebenen Plastikkerze herum, bis ein schwaches Licht flackert. Die alte Batterie steckt sie in ihre Manteltasche. Mit krummem Rücken sammelt sie Zweige und Blätter vom Grab und rückt die Vase zurecht. Es gibt nur wenig Platz für Blumen und Nippes. Obwohl sie hier keine Menschenseele trifft, sagt sie, werden die Blumensträuße und Vasen geklaut.

„Wer macht denn so was?"

„Es gibt schlechte Menschen", antwortet sie und klingt weise. „Hoffentlich hält das Nelkensträußchen. Morgen und übermorgen wird es Minusgrade geben. Da friert bestimmt alles ein."

Sie hält inne. „Vielleicht sollte ich Plastikblumen besorgen."

Mit einer Bürste, die sie in einem wiederverwendbaren Ziplock-Gefrierplastikbeutel mitgebracht hat, schrubbt sie die Platte, bis Toms Name gut lesbar ist. Dann ist sie fertig und ich helfe ihr beim Aufstehen. Ein paar Minuten bleiben wir mit gefalteten Händen und gebeugten Häuptern vor dem Grab stehen.

„Wenn ich dich so sehe", sagt sie plötzlich, sieht mich kurz an und fährt sich mit ihrer Hand übers Gesicht, „da fehlt er doch. Ihr gehört doch zusammen."

Ich erschauere vor Traurigkeit. Für einen kurzen Moment berühre ich ihre Hand, die ganz heiß geworden ist von dem kalten Schnee.

Dann nimmt sie ihre Tasche mit den Putzlappen und der Blumenvase, die sie zu Hause ordentlich auswaschen will und geht Richtung Ausgang mir voraus.

„Hallo Futzi", ruft Roswitha.

Die Katze kommt angeschlichen, als wir die Wohnung betreten.

„Jaja, du kriegst gleich was. Dieser blöde Bus kam schon wieder zu spät, tut mir leid."

Sie zieht sich den Mantel und die Schuhe aus.

Sorgfältig hängt sie meine Jacke auf den einzigen Kleiderbügel in der Garderobe. Die Katze schmiegt sich um ihre Beine, miaut und verschwindet im Wohnzimmer, wo sie sich unter der Heizung verkriecht. Roswitha geht in die Küche und schaut in den Kühlschrank. Sie greift nach einer Dose Katzenfutter, füllt den Napf und stellt ihn auf den Boden, neben die Wasserschüssel.

„Was ist denn los, Futzi?", ruft sie.
Sie geht ins Wohnzimmer und ruft noch einmal, aber Futzi bleibt liegen und leckt sich müde ihre Tatzen.

„Hast du keinen Hunger?"
Sie nimmt die Katze hoch und streichelt ihr über das dicke, borstige Fell.
Eigentlich wollte Roswitha keine Katze mehr. „Wer weiß, ob ich sie überlebe", hatte sie zu Robert, dem Nachbarn gesagt, als er ihr Futzi vorbei brachte.
Sein Kind hatte eine Katzenallergie und wenn sie niemanden fänden, der die Katze haben will, müssten sie die Katze einschläfern.

„Junge Katzen kriegt man los, aber so eine alte wic dich will nicmand", flüstert Roswitha Futzi ins Ohr und drückt ihr Gesicht ganz tief in ihr Fell.

Die Katze springt ihr aus den Armen und kauert sich in ihr Körbchen unter dem Fenster.

„Dann eben nicht", sagt Roswitha, schaltet den Fernseher an und lässt sich auf die Couch fallen. Ich gehe in die Küche und mache uns einen Tee. Als ich zurückkomme, liegt Futzi auf Roswithas Schoß, den Kopf zwischen ihren Pfötchen vergraben. Roswitha ist eingenickt, ihre Hand ruht auf dem Katzenkörper, der sich auf und ab bewegt. Leise stelle ich den Tee auf den Beistelltisch und verlasse die Wohnung. Mein Zug nach Berlin fährt in einer Stunde, ich muss mich beeilen.

Am nächsten Morgen rufe ich Roswitha an. Sie muss falsch gelegen haben, sagt sie, sie hat sich den Rücken verspannt.

„Ich muss mir eine neue Couch besorgen. Meine ist schon alt und völlig ausgeleiert."
Ich kann hören, wie sie sich schwer vom Sessel hievt.

„Wir können zusammen zu IKEA fahren", schlage ich vor, aber sie ignoriert mein Angebot. Bei IKEA war sie noch nie. Sie mag keine großen Kaufhäuser.

„Da muss man viel laufen und findet doch nicht, was man sucht."
Im Hintergrund höre ich den Fernseher. Bei ihr

läuft immer der Fernseher. Das meiste ist ja der totale Quatsch, behauptet sie und sieht sich trotzdem alles an.

„Futzi frisst immer noch nichts. Jetzt hab ich ihr frisches Fleisch in den Napf getan und sie dreht nur angewidert den Kopf zur Seite! Die teure Leber. Soll ich die verderben lassen?"
Sie legt den Hörer zur Seite und schaltet den Fernseher aus.

„Ich hab den Kasten mal ausgemacht. Kommt ja sowieso nichts Gescheites."
Früher seien immer schöne Filme gelaufen, die hätte sie sich mit Tom so gerne angesehen. Wir schimpfen über das Fernsehprogramm. Dann will sie mir doch erzählen, was sie gestern gesehen hat. Es ging um eine Frau. Reich und schön sei sie gewesen, aber man habe ihr gleich angesehen, dass das viele Geld sie nicht glücklich machte.

„Ganz dünn und hager war die. Schrecklich. Wer findet sowas schön? Ihr Mann war gemein und die Kinder verzogen. Den ganzen Tag war sie alleine in der großen Villa, mit einem herrlichen Ausblick über den großen Garten. Stumm hat sie die ganze Zeit in den Wald hinter dem Garten geblickt, dorthin, wo man die Leiche gefunden hatte." Die Geschichte wird kompliziert, als die eifersüchtige Schwiegermutter, eine junge Geliebte und die Kinder auftauchen und alle als Mörder verdächtigt werden. Ich verliere den Faden.

„Ich kann mir das gar nicht vorstellen, wie das ist, so reich zu sein. Aber glücklich macht das auch nicht."

„Das ist alles nur im Fernsehen so", sage ich, aber Roswitha geht darauf nicht ein.

„Dabei sah sie so gepflegt und vornehm aus. Selbst die Fingernägel hatte sie maniküt und die Kleidung ordentlich gebügelt. Wie schafft man das, wenn man so traurig und alleine ist?"
Ich stelle mir vor, wie Roswitha in ihrem Sessel sitzt und zu Fuzzi schaut, die in ihrem Körbchen liegt, den Kopf schüttelt und gähnt.

„Manchen Menschen geht es ja noch schlechter", sagt sie. „Es gibt Schlimmeres, viel Schlimmeres."

Es klingelt an der Wohnungstür.

„Das ist bestimmt Robert, der sein Paket abholen will. Das liegt schon zwei Tage bei mir rum. Ich muss kurz mal den Hörer beiseitelegen."
Sie mag es nicht, wenn sie über Nacht fremde Pakete in ihrer Wohnung lagern muss, nimmt aber für das ganze Haus Pakete entgegen.

„Das war Robert", sagt Roswitha, als sie zum Telefon zurück kommt „der will immer so viel

reden und dann ist es immer nur blödes Zeug."
Sie macht sich Sorgen um Futzi und möchte nun doch zu einem Tierarzt auch wenn das wieder viel kosten wird, sagt sie und ich biete ihr an, nochmal nach Hamburg zu kommen und sie zu begleiten.

Unser Gespräch dreht sich über Krankheiten, von denen andere befallen sind, ihre schweren Beine und über das Virus, welches in Saudi-Arabien aufgetaucht ist.

„Was Tom zu all dem sagen würde, wenn er das noch miterlebt hätte?", sagt Roswitha und dieser Gedanke bleibt mir im Gedächtnis wie ein Mantra.

03

Den beißenden Geruch nach Kadaver und Kot versuche ich, nicht zu beachten, als wir das Behandlungszimmer betreten. Die Ärztin betastet den kranken Tierkörper, schaut tief in das Maul und in die Ohren. Dann zieht sie die blauen Plastikhandschuhe mit einem Schmatzen von ihren Händen und wirft sie in den Mülleimer. Futzi ist so schwach, dass sie sich alles gefallen lässt.

„Ihre Katze hat Tumore im Rachen. Es ist leider nichts mehr zu machen, das Tier ist zu alt."
Roswitha wird bleich. Die Prozedur wäre schmerzfrei, versichert die Ärztin und wenn Roswitha es wünsche, könne sie es gleich hier und heute machen, sie hätte gerade keine wartenden Patienten. Sie erklärt uns den Vorgang und zeigt uns die Spritze, mit der zuerst ein Beruhigungsmittel und dann das tödliche Narkotikum verabreicht wird.

„In der tiefen Narkose wird das Herz zum Stillstand kommen. Die Atmung wird aussetzen und schließlich tritt der Exitus ein", erklärt sie und legt eine Plastikunterlage auf den Behandlungstisch.

„Wir machen es gleich, Frau Doktor, ich will es hinter mich bringen", sagt Roswitha und umklammert ihre Handtasche.

Die Ärztin lächelt.

„Dann ist nur noch die Frage zu klären, was Sie mit dem Leichnam vorhaben? Sie können ihn mit nach Hause nehmen und ihn begraben, dann allerdings gibt es eine Reihe von Vorschriften, die Sie beachten müssen. Oder Sie lassen das Tier hier und es kommt in eine Tierkörperbeseitigungsanstalt und wird dort entsorgt. Das kostet etwas extra."

Roswitha möchte die tote Futzi nicht mit nach Hause nehmen und kein zweites Grab zur Pflege verantworten. Die Ärztin notiert, dass sich die Tierklinik um die sterblichen Überreste kümmern wird.

„Dann wären alle nötigen Formalitäten geklärt. Wünschen Sie, anwesend zu sein oder ziehen Sie es vor, dem Verlauf fernzubleiben?"

Diesmal will Roswitha beim Sterben dabei sein, sie unterschreibt die Einwilligung. Ein letztes Mal streichelt sie Futzi, die auf ihre Liebkosung wartet und die Pfoten nach ihr streckt.

„Tiere haben keine Angst vor dem Tod", tröstet die Ärztin. „Ihre Katze trauert jetzt nur um den Abschied, den kann sie spüren."

Die Ärztin setzt die Nadel an und Futzi schläft ein. Das Beruhigungsmittel genügt, um sie zu töten.

Zu Hause nimmt Roswitha die Werbeprospekte aus dem Briefkasten und wirft sie in die Mülltonne. Zwei Briefe, eine Rechnung und ein Schreiben der Hausverwaltung steckt sie schnell in ihre Manteltasche. Als wir in ihrer Wohnung sind, beobachte ich, wie sie die Briefe in die Schublade der alten Kommode stopft. Mit dem leeren Katzenkäfig in der Hand stehe ich im Flur und weiß nicht wohin damit.

Roswitha lässt sich in den Sessel fallen. Ihr Blick richtet sich auf das leere Katzenkörbchen unter der Heizung. Ich setze mich zu ihr und trete aus Versehen auf den Gummiball, mit dem Futzi gerne spielte. Ich sammle die Spielsachen auf, die verstreut auf dem Boden liegen und stecke sie in eine Plastiktüte.

„Was soll ich damit machen?", frage ich Roswitha.

„Willst Du mal Ilona fragen, ob sie damit etwas anfangen kann?"

Roswitha hat mir schon oft von ihrer Nachbarin Ilona erzählt und ich weiß, dass sie Tiere mag. Sie hätte gerne die Katzen von Tom genommen, als Roswitha verzweifelt ein neues Zuhause für sie suchte. Warum doch nichts daraus wurde, habe ich vergessen oder Roswitha hat es mir nie erklärt. Wenn Børre ein Katzenmensch wäre, würde ich sie nehmen, aber ich weiß, dass er mit Katzen nichts anfangen kann. Jetzt sind sie im Tierheim.

Getroffen habe ich Ilona noch nie, weiß aber, dass sie auf der Reeperbahn arbeitet und einen dicken weißen Pudel hat. Ich stelle sie mir als resolute, drahtige Frau vor, die kein Blatt vor den Mund nimmt. Mit Tom hätte sie sich gut verstanden, behauptet Roswitha. Geraucht hätten sie beide wie die Schornsteine und ihr die Bude vollgequalmt.

An ihrem Tonfall merke ich, dass etwas nicht stimmt.

„Was ist denn mit ihr? Ist etwas vorgefallen?"

„Mir wäre es lieber, sie würde mich mit ihrer ewigen Fragerei in Ruhe lassen. Was soll ich ihr von meinen schlaflosen Nächten erzählen? Davon wird es auch nicht besser."

„Aber sie meint es doch bestimmt nur gut", lenke ich ein und Roswitha winkt ab. „Hast du mit deinem Hausarzt über deine Schlafstörungen gesprochen?"

„Der weiß auch nichts und hat keine Vorstellung, wie das ist. Er hat mir ein Medikament gegen Depressionen verschrieben, von dem ich noch mehr Angst bekomme. Ich hab' dieses Teufelszeug gleich weg geworfen. Zu ihm gehe ich nicht mehr."

Sie will nicht weiter darüber reden und holt einen Brief aus der Kommodenschublade. Es ist eine Mahnung. Sie hat letzten Monat einen Teigkneter über den Versand bestellt, erklärt sie mir und als sie ihn ausprobieren wollte, ging er nicht. Im Media Markt wollte man ihr nicht helfen. Eine Ware, die nicht bei ihnen gekauft worden sei, könnten sie nicht in die Reparatur geben. Man riet ihr, den Kundenservice anzurufen, aber der ist immer außer Betrieb. Sie steckt die Mahnung in ihre Schürze, ohne dass ich sie mir genau ansehen konnte.

Obwohl Roswitha vierzig Jahre lang berufstätig war, reicht die Rente nicht. Sie beklagt sich nie über ihre Situation, manchmal reden wir über Altersarmut und soziale Ungerechtigkeit.

„Schlimm ist das", sagt sie dann. „Aber ändern tut doch niemand was".

„Die Zimtschnecken sind wunderbar, Roswitha", lobe ich ihre Backkünste und greife mir noch eine von der Platte, auf der Dutzende gestapelt sind. Wenn Roswitha Kuchen backt, verteilt

sie ihn an die Nachbarn im Haus. So kommt sie
mit allen ins Gespräch, sie kennt jeden.

„Iss du nur. Ich bin gar nicht mehr so verrückt auf süße Sachen. Ich hab noch welche einge-
froren."

Wir sitzen in ihrer Küche. Ich hatte vorge-
schlagen, in ein Café zu gehen, aber Roswitha
wollte nicht. Sie habe Kaffee und Kuchen zu
Hause, meinte sie, „da müssen wir kein Geld für
ausgeben."

Sie isst wie ein Spatz. Früher hat sie mehr essen
können, aber heute wird sie nur vom Hinsehen
dick. Zucker und Milch verträgt sie gar nicht,
den Kaffee trinkt sie jetzt schwarz.

Nach der fünften Zimtschnecke verschwinde
ich im Badezimmer. Als ich zurückkomme, tele-
foniert Roswitha. Jemand vom Seniorentreff.
Sie geht da einmal die Woche hin und hilft in der
Küche. Kocht Kaffee, deckt den Tisch und räumt
die Spülmaschine ein und aus.

Die meisten sind viel älter als sie. Die eine hört
nicht mehr so gut, bei der anderen lässt der Verstand nach. Von den Ausflügen hat sie mir schon
oft erzählt. Eine Hafenrundfahrt in Lübeck, eine
Bustour zum Weihnachtsmarkt in Rostock oder
in den Botanischen Garten.

„Das waren die vom Seniorentreff", sagt sie,

als sie zurück in die Küche kommt. "Die wollen, dass ich wiederkomme."

„Wieso? Gehst du da nicht mehr hin?", frage ich.

„Nein. Die nutzen mich nur aus."

„Die nutzen dich aus? Was ist denn passiert?"

„Mir wird das zu viel. Ich will da nicht mehr hin", erwidert sie.

Ich lasse nicht locker.

„Aber die waren doch nett, die Leute da. Ich dachte, dir gefällt es, wenn du ein bisschen rauskommst? Wolltet ihr nicht einen Ausflug an die Ostsee machen?"

Noch nie hat sie das Meer gesehen. Urlaub hat es für sie nie gegeben.

„Ich hab` mich schon abgemeldet", sagt sie trocken und dreht an ihrer Tasse. Roswitha glaubt, dass hinter ihrem Rücken schlecht über sie geredet wird.

„Aber wie kommst du denn darauf?", will ich wissen und deute an, dass sie sich das vielleicht einbildet. Aber sie lässt sich nicht davon abbringen. Für sie ist das Thema erledigt. Sie geht da nicht mehr hin.

„Und zum Aquafitness? Machst du das noch?"

„Im Frühling wieder. Jetzt ist zu schlechtes

Wetter. Da erkälte ich mich noch, wenn ich mit den nassen Haaren raus muss."

Ich stelle mir vor, was es für eine Überwindung ist, die Badesachen einzupacken, rauszugehen, die U-Bahn oder den Bus zu nehmen, sich in der Umkleidekabine umzuziehen, den engen Badeanzug über die Beine, den Po, den Bauch zu stülpen.

Roswitha kann nicht schwimmen. Sie hat es nicht gelernt als Kind und geht deshalb ins Nichtschwimmerbecken. „Mir macht das nichts, im großen Becken ist es mir sowieso viel zu kalt", behauptet sie und lehnt es ab, einen Schwimmkurs zu besuchen. „Im warmen Wasser ist alles gut und hinterher geht es mir immer viel besser. Wenn Warmbadetag ist, gehe ich wieder jede Woche", nimmt sie sich fest vor.

04

Den Pudel hätte Ilona längst abholen sollen. Sie ist für ein paar Tage auf Geschäftsreise, irgendwo in Süddeutschland und Roswitha hat ihr versprochen, solange auf Pepsi aufzupassen und ihre Blumen zu gießen.

„Und kannst du sie nicht anrufen?"

„Ich habe versucht, sie unter der Geheimnummer, die sie mir für Notfälle gegeben hat, zu erreichen. Keine Antwort. Sie ist wie vom Erdboden verschwunden und Pepsi liegt halb tot auf meinem Sofa", keucht sie mir ins Ohr. „Wir haben einen kurzen Spaziergang gemacht und ich musste das arme Tier den ganzen Weg tragen. Er schafft es kaum, sein Beinchen zum Pinkeln zu heben und sein Bauch hängt bis zum Boden, als ob er schwanger wäre."

„Die wird sich bestimmt bald melden", beruhige ich sie.
Roswitha legt den Hörer zur Seite und schnäuzt sich.

„Ich kann das nicht länger mit ansehen, wie das Tier leidet. Ilona muss dringend mit ihm zum Arzt."

Es vergehen fast drei Wochen, in denen wir nicht miteinander sprechen. Die Sache mit Pepsi habe ich schon fast vergessen als ich sie an einem Dienstagnachmittag anrufe.

Sie sei gerade vom Friedhof zurück, sagt sie und klingt niedergeschlagen. Ganz alleine wäre sie vor seinem Grab gestanden und hätte nicht gewusst, was sie ihm sagen sollte. Ich versuche sie zu trösten. Es sei normal, versichere ich ihr, dass sie sich manchmal schlecht fühlt und dass Trauer ein langer Prozess sei und so weiter. In Wahrheit bin ich wütend, dass Roswitha jede Woche den langen Weg machen muss. Hätte sie das notwendige Geld aufbringen können, läge Tom auf dem berühmten Ohlsdorfer Friedhof. Dem schönsten Friedhof Europas. Groß wie ein Park. Um sie abzulenken, frage ich, wie es Pepsi geht.

„Tot", sagt sie trocken. „Man hat nichts mehr tun können. Der ganze Körper war voller Krebsgeschwüre."

„Wie?", frage ich. „Ist Ilona wieder aufgetaucht?"

Ilona sei vor zwei Wochen bei ihr vorbeigekommen und habe ihr die leere Plastikschüssel in die Hand gedrückt, die Roswitha ihr vor Wochen gefüllt mit Nudelsalat vor die Türe gestellt hatte.

„Entschuldigt sich und sagt, sie will nur Pepsi abholen. Dann war sie weg."

Ich bin verblüfft über Ilonas Dreistigkeit.

„Für eine Weile war von beiden nichts zu sehen noch zu hören. Bis es wieder an meiner Tür klopfte. Als ich Ilona ohne Pepsi im Flur stehen sah, wusste ich, was los war."

Mir fällt es schwer etwas zu sagen. Roswitha hing an diesem Hund.

„Das tut mir so leid", nuschele ich in den Hörer.

„Sie wollte noch nicht mal auf eine Tasse Kaffee herein."

„So eine blöde Kuh", fährt es aus mir heraus.

„Es kommt noch besser. Sie ist ausgezogen, ohne sich zu verabschieden. Ich hab das erst bemerkt, als die neuen Mieter da waren."

Wie das möglich ist, all die Möbel und Sachen aus der Wohnung zu bringen, ohne dass sie es bemerkte, frage ich sie.

„Tja", sagt Roswitha. „Ich weiß auch nicht. Es ist, als ob es Pepsi und Ilona nie gegeben hätte."

05

„Ich hab es in der Zeitung gelesen und dann fiel mir wieder ein, dass ich letzte Woche die Polizei und den Rettungswagen vor dem S-Bahnhof Holstenstraße stehen sah. Ein technisches Problem, hieß es und stundenlang war die Straße gesperrt und der Zugverkehr eingestellt. Ich hatte gleich ein ganz komisches Gefühl", höre ich Martina und ich brauche eine Weile, um zu kapieren was sie da sagt. „Silke habe ich auch sofort angerufen. Es ist nicht zu fassen", sagt sie mit heiser Stimme.

Ich stehe am Fenster und schaue hinunter in unseren Hinterhof. Der große Baum inmitten des Schulhofs wurde gefällt.

Mit einer Hubarbeiterbühne so hoch wie ein dreistöckiges Haus, musste man den Baum Stück für Stück abholzen. Es dauerte mehrere Tage, bis er mit viel Aufhebens gerodet war. Ein neuer, kleiner Baum wurde gepflanzt mit einer Grünfläche und einer orangenen Sitzfläche drumherum. Jetzt wirkt der Platz viel heller und freundlicher, alles ist wie neu.

Ich drehe mich zum Zimmer um und sehe mich im Spiegel, der neben der Tür hängt. Für einen Moment erkenne ich mich nicht.

„Bist du noch da?"

„Ja, ich bin noch da."

„Es tut mir so leid", wiederholt Martina ein paarmal und ich wünsche mir so sehr, Børre wäre hier und ich könnte ihm sagen, was passiert ist. Am liebsten würde ich ihn sofort anrufen. Ich male mir aus, wie ich es ihm sage, wie ich aufgelöst am Telefon schluchze und wie er mich tröstet.

„Hättest du ihr das zugetraut?"

„Nie im Leben!", erwidere ich fast empört, aber das stimmt nicht. Insgeheim traute ich es ihr zu.

„Auf der Trauerfeier wirkte sie so gefasst."

„Es war sehr schwer für sie aber sie wollte sich das nicht anmerken lassen", erkläre ich Martina und stelle mir vor, wie Roswitha die ersten Wochen nach Toms Tod hoffte, aus Unglück und Traurigkeit einfach sterben zu können. Aber sie lebte weiter und ihr Schmerz ließ nicht nach. Er veränderte sich nur und gehörte zu ihrem Leben wie eine chronische Krankheit.

„Hatte sie Freunde oder noch Familie, mit denen sie reden konnte? Oder ist sie vielleicht irgendwo hingegangen, um Gesellschaft zu haben? Weißt du das?"

„Sie ging zum Aquafitness und war aktiv in

einem Seniorenverein. Jedenfalls hat sie sich bemüht. Auch mit den Nachbarn hatte sie viel Kontakt und kannte alle im Haus."

Roswitha stellte das Telefon auf stumm, wenn die Damen vom Seniorenkreis anriefen. Die Nachbarskinder, die manchmal zum Mittagessen bei ihr vorbei kamen, wollte sie nicht mehr sehen, hatte sie zu mir gesagt, die waren ihr zu laut. Sie brach den Kontakt einfach ab und öffnete ihnen nicht mehr die Tür.

Früher mochte sie Kinder über alles. Ich erinnere mich, dass sie immer eine volle Schublade mit Süßigkeiten hatte, falls die Nachbarskinder sie besuchen kamen.

„Ich kann es nicht glauben, dass sie das getan hat."

Ich nicke mit dem Kopf, was Martina natürlich nicht sehen kann.

Wie Anna Karenina, denke ich und sehe Roswithas letzten Tag vor mir.

Es regnet wie im Herbst, dabei ist es Frühling. Draußen wütet ein starker Sturm, im Radio wird gewarnt, man solle besser zu Hause bleiben. Aber Roswitha nimmt trotzdem den Bus und dann die S-Bahn und läuft die letzten fünfzehn Minuten im Regen.

Wegen einer Grippe war sie die letzte Woche nicht

an seinem Grab. Sie schaffte es kaum, aufzustehen. Das Wasserglas mit dem Kalkrand auf ihrem Nachttisch erinnert sie an die einsamen Nächte.

Das Bett schüttelt sie ordentlich auf, bezieht es neu, öffnet die Fenster zum Lüften und streift die Kissen glatt. Wie immer spült sie ihre Tasse und den Unterteller ab und stellt sie in den Abwaschständer zum Trocknen. Gesaugt hat sie schon, den Müll nimmt sie mit wenn sie das Haus verlässt. Vor der Tür ist der Gehweg mit parkenden Autos versperrt. Die Tasche eng an ihren Körper gepresst, zwängt sie sich zwischen den Fahrzeugen und der Hauswand durch. Einen Regenschirm hat sie nicht dabei.

Die S-Bahn ist voll. Berufsverkehr. Eine ältere Dame bietet ihr einen Platz an, aber Roswitha lehnt freundlich ab und bleibt die lange Fahrt über stehen.

Keine Menschenseele lässt sich blicken, als Roswitha vor Toms Grab steht. Totenstille bis auf ein gedämpftes Summen von der Autobahn, die man nur hört, wenn der Wind vom Osten weht.

Sie stellt die kleine Vase mit den bunten, glitzernden Steinchen auf die Erde und wechselt die Batterie für die Kerze. Tief atmet sie die kalte Luft in die Lungen, bis sie schmerzen. Der Regen

hat aufgehört. In ihrem nassen Übergangsman-
tel, den sie seit Jahren trägt und der ihr um die
Brust eng geworden ist, wird ihr jetzt warm.
Schweiß rinnt die Wirbelsäule hinunter und
kitzelt ihren Rücken. Sie will den Mantel able-
gen, so warm ist ihr. Da sieht sie plötzlich das
Eichhörnchen. Es hat eine Nuss gefunden und
hält sie in ihren kleinen Pfötchen. Es knabbert,
hält inne, blickt zu Roswitha, knabbert wieder,
lässt die Nuss aus seinen Pfötchen fallen und
läuft davon. Ganz kurz sieht Roswitha den rost-
braunen Schwanz zwischen den Ästen oben in
einer Weide leuchten. Dann ist es weg.

„Wie einsam muss sie gewesen sein und unglücklich", sagt Martina und die Kirchturmuhr
vor meinem Fenster fängt laut zu läuten an, so
dass wir uns nicht mehr verstehen und warten bis
die Glocken verstummen.

Roswithas Bus ist diesmal pünktlich und
braucht nur zehn Minuten, um sie zur S-Bahn
Holstenstraße zu bringen. Langsam bewegt sie
sich zum Ende des Bahnsteigs und tritt ganz nah
an den Rand der Plattform. Müll und zerdrückte
Plastikflaschen liegen im Schotterbett. Eine ein-
same Maus wühlt in weggeworfenen Essensrest-
en und huscht in ein kleines Loch im Geröll. In
der Ferne sieht sie den Zug näherkommen. Den

Wind fühlt sie kalt an auf ihrem Gesicht.

„Ihr Grab liegt neben Toms Ruhestätte auf dem kleinen Friedhof", höre ich Martina sagen, „wollen wir zusammen hin?"

„Das würde ich gerne", antworte ich und sie bietet mir an, bei ihr zu übernachten, wenn ich nach Hamburg komme.

06

Nach Roswithas Tod tue ich nichts, außer zur Arbeit zu gehen und Gedichte lesen. Früher mochte ich keine Gedichte und rümpfte die Nase über Poesie.

Das dicke Buch über Edith Whartons Leben und Werk, das ich jahrelang bei jedem Umzug mit mir herumschleppe, fange ich jetzt endlich zu lesen an. Sie war Toms Lieblingsschriftstellerin.

Nach einer achtundzwanzigjährigen Ehe mit einem Bankier, der viel älter war als sie, flüchtete Wharton nach Paris, um mit fast fünfzig Jahren Schriftstellerin zu werden, steht in ihrer Biografie. Ich betrachte die Abbildung auf dem Buchcover, eine voluminöse, elegante Dame in hochgeschlossenem Kostüm, Pelz um die Schultern und einem Buch in den Händen. In Paris lernte sie Henry James kennen und hatte eine Affäre mit einem bisexuellen Schriftsteller, ihrer großen Liebe. Durch diese Beziehung, so heißt es, hätte sie sich zu einer sexuell befreiten Frau entwickelt.

Dass Tom sich mit ihr identifizierte, berührt mich, auch wenn er übersah, dass Wharton aus einer aristokratischen Familie kam.

Aber Tom gab nichts auf familiäre Hintergründe. Für ihn war Herkunft nicht wichtig, er ignorierte sie einfach.

Jetzt, wo er nicht mehr da ist, denke ich manchmal, dass ich mich für ihn bemühen muss, mein Leben nicht vergeuden darf und stark sein muss für uns beide.

Ich will das Buch Martina geben, wenn ich es ausgelesen habe. Wir rufen uns jetzt regelmäßig an. Sie klagt oft über ihre Arbeit, hat aber nicht den Mut, etwas Neues zu versuchen. Wir sprechen immer über Tom und wie sehr er uns fehlt.

„Es fühlt sich so endgültig an", sagt sie und dass sie das immer noch nicht begreife, das mit der Endlichkeit.

Toms und Roswithas Foto bekommen einen Ehrenplatz bei den Toten in meinem Bücherregal. Ich habe einen kleinen Altar arrangiert, auf dem alle versammelt sind. Insgeheim nenne ich diese Fotoreihe meine Totenwache und ich fühle mich beschützt durch ihre Präsenz. Mutter, Vater, Tante Eva, Tom und Roswitha.

Die Aufnahme von Roswitha habe ich im letzten Sommer gemacht. Ich bin froh, dass ich meine Kamera dabei hatte, als wir den Spaziergang an der Elbe machten. Es war ein windiger, rauer Tag, der schön begann mit malerischen Wolken am Horizont. Wir aßen ein Fischbrötchen in einem Restaurant am Hafen und tranken ein Glas Bier dazu, mitten am Tag. Ich fragte ein junges Paar, das an unserem Nachbartisch saß, ob sie uns fotografieren könnten und der Mann nahm meine Kamera und knipste uns. Man sieht seinen Daumen am rechten Bildrand, aber es ist trotzdem eine schöne Aufnahme und trifft den Augenblick genau, in dem wir fröhlich sind.

Das Bild von Tom stammt von einer Party mit Freunden, die ich nicht kenne. Es ist das jüngste Foto, das ich von ihm besitze.

In engen Jeans und straff anliegendem T-Shirt steht er an eine Tür gelehnt, die Arme sind verschränkt vor seiner Brust, ein Bein an die Wand gestützt. In der rechten Hand hält er eine Zigarette, frisch angezündet. Das linke Auge zugekniffen, schaut er in die Kamera, als blende ihn die Sonne oder das Blitzlicht, das eine sechzigstel Sekunde in sein Gesicht leuchtet.

Ich weiß nicht, wer diese Aufnahme gemacht hat. Es ist ein Schnappschuss, das letzte Abbild von ihm.

Außer dieser Aufnahme sind alle Fotos, die ich von ihm habe, von mir fotografiert. Ihn durch fremde Augen zu sehen, ist irritierend, aber ich mag dieses Portrait besonders gerne.

Den schwarz-weiß Print, auf dem Tom und ich zu sehen sind, halte ich unschlüssig in meinen Händen.

„Das Foto ist ruiniert. Und dabei ist es das schönste Bild, das ich von uns beiden habe." Børre nimmt mir das Foto aus der Hand und streicht ganz vorsichtig mit seinen Fingern über die Kerbe.

„Vielleicht kann ich was machen. Ich nehme es mal mit ins Atelier."

Am nächsten Tag hat er es in einen glänzenden Rahmen mit weißem Passepartout für mich eingerahmt. Der Knick fällt kaum noch auf.

Solange Børre in Norwegen ist, hüte ich Dagmars und Livs Katze. Die beiden haben sich jetzt noch einen Hund angeschafft, einen labilen Cocker Spaniel aus dem Tierheim. Vermutlich wurde das Tier jahrelang misshandelt und Dagmar hat es sich zur Aufgabe gemacht, ihm all ihre Liebe und Aufmerksamkeit zu geben.

Børre mag keine Katzen. Katzen sind dumm, behauptet er.

„Sie sind eigensinnig", sage ich, „die machen nur was sie wollen und brauchen niemanden."

„Sag ich doch", so Børre, „dumm eben."

Vielleicht kann ich ihn doch dazu bringen, dass wir sie behalten. Ich habe mich so sehr an sie gewöhnt und will sie nicht mehr hergeben.

Die Katze kommt angeschlichen und streift um meine Beine. Sie heißt Judy nach Livs Ikone Judith Butler. Vor zwanzig Jahren hat Liv ein Interview mit ihr gemacht, als noch niemand sie kannte. Ihre Fragen seien sehr intelligent, hätte Butler ihr versichert und das Gespräch wurde in einer bekannten feministischen Zeitschrift veröffentlicht. Für Liv war das eine ganz große Sache und sie hat mir x-mal davon erzählt. Gelesen habe ich dieses Interview nie, aber das lasse ich Liv nicht wissen.

Seit ihrer Operation ist Judy ganz zahm und anhänglich. Als ich sie auf den Arm nehme, knurrt sie zufrieden, legt sich in meinen Schoss und wir sehen zusammen Fernsehen, bis ich los zur Arbeit muss.

Heute Nacht ist es ruhig im Heim, so als wollten sie mich schonen.

Herbert ist der Erste, der in den Flur tappst. Er hat noch seinen Schlafanzug an und läuft ohne Hausschuhe auf dem kalten Fußboden den Flur entlang. Gleich muss ich sie alle wecken und ihnen das Frühstück machen. Ich höre schon Räuspern, lautes Gähnen und Brummen aus manchen Zimmern.

„Guten Morgen, Herbert. Willst du dich nicht erst anziehen, bevor du frühstückst?", sage ich und führe ihn wieder zurück in sein Zimmer. Ohne zu meckern folgt er mir. Ich klopfe an alle Türen und öffne sie vorsichtig, um zu sehen, ob alle wach sind. Gisela schläft noch. Ich gehe an ihr Bett, berühre sie sanft an der Schulter und rufe leise ihren Namen. Sie zieht den Oberkörper weg und dreht sich nochmal um. Ich rede auf sie ein und nehme die Decke weg. Sie zieht sie wieder über ihren Körper. Das geht ein paarmal hin und her. Endlich gibt sie auf und bewegt sich ins Badezimmer. Dort steht Charlotte seit einer viertel Stunde unter der Dusche. Sie liebt Wasser und möchte stundenlang in der Badewanne sitzen oder unter der warmen Dusche stehen.

„Charlotte. Das ist jetzt genug. Dein Fahrer kommt gleich, um dich abzuholen. Mach jetzt bitte die Dusche aus und zieh dich an."
Charlotte ist autistisch. Sie hat ihren eigenen Kopf. Ich lasse sie alleine und gehe in die Küche, um Kaffee zu machen. Als ich wieder zurück komme, sitzt sie nackt in einer Ecke des Flurs,

hält ihre Hände eng an die Brust gedrückt und brummt wie ein Bär. Unter ihrem Gesäß liegt ein Haufen Kot, ihre Beine sind mit Fäkalien verschmiert.

„Oh nein! Charlotte, was hast du denn da gemacht?"

Ich bin sprachlos. Sie will mich boykottieren. Warum macht sie das? Mich ärgert nicht nur, dass ich ihren Dreck weg machen muss und unter Zeitdruck bin, sondern ich bin tief enttäuscht. Ich hatte mir eingebildet, einen Draht zu Charlotte zu haben. Dachte, dass ich sie erreichen kann, wir uns auf eine Art verständigen und sie mich respektiert. Was habe ich mir nur gedacht.

In zwanzig Minuten wird ihr Fahrer da sein, bis dahin muss sie gewaschen und angezogen sein und gefrühstückt haben. Ich gehe auf sie zu und will ihr ein Handtuch überlegen. Im Flur ist es kalt und es zieht. Sie will das Handtuch nicht und wehrt mich mit einer Hand ab.

„Du wirst dich erkälten, Charlotte. Komm, lass mich dich zudecken."

Sie lässt es sich gefallen, dass ich ihr näher komme. Vorsichtig lege ich ihr den weichen Bademantel, den ich aus dem Zimmer geholt habe, über den zitternden Körper.

„Kommst du jetzt mit? Ich helfe dir auch beim Anziehen."

Charlotte will nicht, macht sich ganz steif und hält ihre geballten Fäuste vor ihrer Brust. Ich weiß nicht, was ich tun soll und gehe wieder in die Küche. Mittlerweile haben sich alle eingefunden und sitzen am Tisch auf ihren Plätzen. Ich fange an, den Kaffee, Tee oder Kakao einzugießen, die Brote zu schmieren, das Obst zu schneiden. Als das geschafft ist, gehe ich wieder nach Charlotte sehen. Mit leicht gebücktem Rücken läuft sie, den Kothaufen in den Händen, den Flur entlang. An den Duschen angelangt wirft sie die Scheiße unter laufendem Wasser in den Abfluss, schiebt sie mit dem Fuß in den Einlaufrost und geht an mir vorbei in ihr Zimmer. Sie beachtet mich nicht, als ich ihr folge. Im Türrahmen stehend beobachte ich sie, wie sie sich anzieht. Mit den Strümpfen kommt sie nicht klar und ich knie mich und helfe ihr. Den Rest lasse ich sie alleine machen und gehe in die Küche zurück.

Ein paar Minuten später kommt sie fertig angezogen in den Flur und schreit ein paarmal schrill und laut. Ich weiß nicht, ob aus Freude oder Wut. Mit dem Gesicht zur Wand bleibt sie murrend in der Ecke stehen, bis der Fahrer kommt. Ein paarmal frage ich sie, ob sie nicht frühstücken möchte, aber sie will sich nicht zu uns an den Tisch setzen.

Als der Fahrdienst pünktlich an der Haustür klingelt, lässt sie sich ohne Protest von mir in den Mantel helfen und die Schuhe binden. Ich setze ihr den Strohhut auf, ein Geschenk ihrer verschollenen Mutter. Sie trägt ihn immer, wenn sie das Haus verlässt, Sommer wie Winter.

„Bist du schon fertig, Charlotte?" fragt der Fahrer, als er an der Tür steht und wartet.

„Jaaa!" johlt Charlotte, zieht sich den Hut tief in die Stirn und stürmt an ihm vorbei nach draußen.

Meiner Kollegin erzähle ich von ihrer Trotzaktion und wie sie dann ihren eigenen Dreck weg gemacht hat.

„Das ist ja ganz was Neues", meint sie. „Ich glaube, Charlotte mag dich."

DANK

Bedanken möchte ich mich bei Daniela Plügge für ihre begleitende Arbeit als Lektorin. Mit ihrer Hilfe und Expertise konnte ich mein Anliegen in Worte fassen. Bettina Bartzen, Claudia Diedenhoven, Simone Leifert, Michael Schindler und Beate Daniel waren meine ersten Leser:innen. Ihnen verdanke ich gute Gespräche, wertvolle Anregung und Freundschaft. Für die letzte Korrektur danke ich Lydia Vasiliou. Meinem Mann Per Teljer gilt immer wieder mein tiefer Dank für seine Zuversicht und Liebe.